장은화 에세이

그 여자의
서른다섯

장은화 에세이

그 여자의
서른다섯

도서출판

곰단지

프롤로그

"너는 네 자식 보고 싶어 일찍 집에 가나? 나는 내 자식이 보고 싶은데……."

퇴근길, 엄마와의 짧은 통화.

망치로 머리를 한 대 얻어맞은 듯 저를 멍하게 만들었죠. 그리고 그 순간이 그 어떤 순간보다 저 자신이 부끄럽고 엄마에게 죄송했던 적은 없었습니다.

이 책은 그 부끄러움과 죄송함을 조금이나마 덜기 위한 자기합리화라고나 할까요, 엄마의 고생과 희생에 대한 조그마한 보답이라 해야 맞을까요.

어릴 때는, 자고 일어나면 사라질까 봐 두려웠던 존재였고, 철이 들고 나서는 감사함과 연민의 대상이었던 우리 엄마.

제 기억이 시작되는 유년에서부터 마흔이 조금 넘은 지금까지 늘 고마우면서도 마음을 아리게 하는 그런 분을 잠시 잊고 살아온 건 아닐까 하는 생각이 듭니다.

'내 짝'을 만나 결혼을 하고, '내 가정'을 일구면서 잊고 지냈던 엄마의 외로운 나날들을 생각해 보게 되었습니다.

어린 날, 외할머니께서 엄마를 보며 우시던 모습과 한밤중 깼을 때 엄마가 저를 빤히 내려다보고 계셨던 그 이유를 이제야 알게 된 것이 너무 죄송할 따름입니다. 또 엄마의 서른다섯 살과 그 이후의 삶을 제 나이 서른여섯이 지나서야 생각하게 된 것도요.

서른다섯 살 젊은 나이에 혼자 돼 층층시하 시대 어른과 12살, 10살, 8살, 6살 자식 넷을 책임져야 했던 그녀. 우리 엄마.

엄마를 제외하고는 다른 사람 모두 '사람 참 좋다'고 했던, 똑똑한 재능을 펼칠 수 없어 술로 달래야만 했던 그. 우리 아빠.

아빠가 하늘나라로 가신 후, 때로는 힘겹게, 때로는 원망스럽게, 또 때로는 두려움과 걱정을 안고 서로의 삶을 보듬으며 살아와야 했던 우리 가족이 있었습니다.

그런 시간이 지나… 지금 우리 가족은…

"세상에 나 같은 엄마 없다"는 엄마의 말처럼, "세상에 우리 같은 자식도 없는 거 알지! 우리 안 낳았으면 어쩔 뻔했어!"라고 말하는 우리 가족은 어쩌면 세상에서 가장 마음이 부자인 가족일지도 모르겠습니다.

다른 훌륭한 작가님들의 책을 읽으면서 받은 많은 위로를, 저 또한 제 책을 읽는 여러분들에게 전할 수 있는 작가가 되고 싶은 마음에 용기 내 작가로서의 첫발을 내딛게 되었습니다.

어디에서 들어봄직한 시시콜콜하고 뻔한 가정사지만, 그래서 어쩌면 글을 읽는 분들이 더 공감하지 않을까 하는 바람도 가져 봅니다. 나아가 공감이 반성이 되고, 상처를 치유하는 경험을 함께 느껴 보셨으면 하는 욕심입니다.

언젠가는 엄마를 향한 마음을 글로 전하고 싶었습니다. 책 출판을 준비하면서 엄마와 가족에 대한 감정과 느낌, 감사함을 글로 적어 보는 이 시간이 보석처럼 값진 시간이었습니다.

제일 가까운 곳에서, "네 하고 싶은 거 다 해"라는 말로 항상 든든한 내 편이 되어 준 남편과 한창 사춘기를 겪고 있지만 기꺼이 나의 절친(切親)이 되어 준 두 딸아이에게 고마움을 전합니다.

엄마의 삶에 행복을 더해준 나의 시부모님, 오빠, 새언니, 언니, 형부, 동생, 올케, 그리고 조카들에게도 이 공간을 빌어 고마움을 전합니다.

그리고 세상 가장 위대한 사랑은 엄마의 사랑이란 걸 알려준 우리 엄마 '김경순' 님께 제 온 마음을 담은 감사인사와 함께 이 책을 바칩니다.

마지막으로 책 출판에 대한 막연한 두려움을 용기로 바꿔 주고, 저 자신의 내면 이야기에 귀 기울이는 방법을 알려주신 "인생을 바꾸는 책 쓰기" 강좌의 성수연 선생님께도 깊은 감사를 드립니다.

저의 첫 에세이집 〈그 여자의 서른다섯〉이 여러분들의 삶에 아주 작은 위로가 되었다면 '작가' 라는 새로운 명함을 갖는 저에게는 더할 나위 없이 좋을 것입니다. 솔직하고 울림 있는 또 다른 좋은 글로 여러분들을 조만간 다시 뵐 길 소망합니다.

2021년 11월, 겨울이 오는 길목에서
장은화

이야기 펼치는 순서

이야기를 시작할 즈음

여기 옆에 앉아도 될까요?

네? 아… 네.

같이 온 일행은 저리 한 바퀴 꽃구경하러 가고 나는 다리가 아파서 좀 쉬려고 왔습니다. 그런데 아까부터 정자에 혼자 앉아 멍하니 계신 것 같던데, 뭘 그리 생각하고 있나요?

아… 네… 죄송해요… 뭐… 그냥… 이 꽃을 보니 우리 엄마 생각이 나서요.

어머니께서 코스모스를 좋아하시나 보네요.

아… 네… 사실은… 음… 잘 모르겠어요. 우리 엄마가 무슨 꽃을 좋아하는지요. 그냥 엄마 생각이 나서요.

그래도 이렇게 좋은 데 놀러 와서 엄마가 생각났다는 걸 보니 좋은 딸인가 봅니다.

아… 아니에요… 죄송한데, 그런데 제가 그렇게 보이시나요?

네. 그럼요.

음… 딸들은 다 못된 거 같아요… 저도 마찬가지고요.

엄마들은 그렇게 생각 안 하실걸요.

그럴까요?

그럼요. 엄마잖아요.

she was...

서른다섯 그리고 그 이후,
그녀는 엄마일 뿐이었다

"너그 아빠 죽었을 때 눈물도 안 나더라.
너그들 우찌 키우나 그 생각밖에 안 났다"

"너그 아빠 죽었을 때 눈물도 안 나더라. 너그들 우찌 키우나 그 생각밖에 안 났다"라고 너무 아무렇지 않게 엄마는 말씀하셨지요. 제가 언젠가 엄마에게 아빠가 일찍 돌아가셔서 그때 심정이 어땠냐고 물어봤을 때 말이에요.

우리 엄마는 23살에 결혼하고 저랑 4살 터울인 저희 오빠가 12살 때, 그러니까 엄마가 35살 때 남편을 잃었죠. 그때 제 나이가 8살 올라가는 1월이었거든요. 너무 어릴 때라 아빠가 돌아가셨을 때의 기억이 거의 나진 않지만요. 그때 저도 많이 울었을 것 같긴 한데 말이죠.

어쩌면 아빠에 대한 기억이 많지 않아서 아빠의 부재를 크게 느끼지 않았는지도 모르겠다는 생각을 하곤 하죠. 그런데 사실 우리에겐 아빠보다 더 아빠 같은 우리 엄마가 계셨지요.

언젠가부터 그 모습은 저에게
우리 가족 누군가
하늘로 갔다는 신호가 되어 버렸지요

어릴 적 우리 가족은 9명에서 시작됐지요. 증조할아버지, 증조할머니, 할머니, 아빠, 엄마, 오빠, 언니, 나, 동생 이렇게 9명이 었어요. 할아버지는 엄마가 시집을 오기도 전에 돌아가시고 안 계셨지요. 어느 날 할머니가 돌아가시고, 또 어느 날 아빠가, 그 어느 날은 증조할아버지가, 또 어느 날은 증조할머니가 하늘나라로 가셨지요.

요즘엔 장례식장에서 장례를 다 치르지만, 제가 어릴 땐 마을 사람들 모두 집에서 상을 치렀지요. 그래서 제 어릴 적 기억 속에는 동네 어귀를 돌던 꽃상여며, 동네 사람들이 대나무 깃대를 들고 상여 앞을 줄지어 걸어가던 모습도 떠오르고요. 동네 어귀 공터에서 옷가지를 태우던 모습도 기억나요.

어릴 때였지요. 어떤 날은 자고 일어나면, 또 어떤 날은 학교를 갔다 오면 우리 집 마당에 짚으로 만든 두껍게 말린 멍석이 깔리고, 대나무 막대가 세워지면 그 위로 천막이 쳐졌지요. 뒤뜰 장독대 감나무 아래에서 동네 아주머니들이 삼삼오오 모여 솥뚜껑을 거꾸로 걸고는 젓가락에 끼운 무로 솥뚜껑에 부은 기름을 골고루 펼쳐 바르고는 무전, 배추전을 구우셨죠. 언젠가부터 그 모습은 저에게 우리 가족 누군가 하늘로 갔다는 신호가 되어 버렸지요. 지금 생각해 보면 참 슬픈 일인데, 그땐 그 고소한 기름 냄새가 더 끌릴 만큼 철이 없었던 것 같아요. 너무 우습지요.

그런데… 그 큰일을, 그 젊은 나이에 엄마가 다 겪었다고 생각하니 갑자기 우리 엄마가 너무 불쌍해지네요. 지금 저보다 더 어린 나이였을 텐데 말이죠.

그제야 정신은 차렸지만,
그 이후도 한창
잔 울음을 토해내느라
기운이 다 빠지고 말았어요

어릴 때 저는, 엄마가 어쩌면 우리를 두고 도망을 갈지도 모른다고 생각했었나 봐요. 왜 아이들은 그런 생각을 할 때가 가끔 있잖아요. 저도 마찬가지고요. 어린 시절 저는 언니 오빠에 비해 유독 엄마를 많이 따라다녔다고 하더라고요.

그리고 젊은 며느리가 어린 자식을 넷이나 두고 집을 나갈까 봐 감시 아닌 감시자가 된 우리 할머니, 그러니까 우리 엄마의 시어머니. 또 그런 시어머니와 손부 사이에서 엄마를 감싸주셨던 저의 증조할머니. 그때 시어머니들은 요즘 시어머니하고는 차원이 다르시겠죠. 게다가 아빠가 외아들이다 보니 할머니의 사랑을 더 많이 받았을 텐데, 그 아들이 먼저 죽고 며느리가 어린 손자넷을 두고 집 나가 새살림이라도 차릴까 봐 우리 할머니는 얼마나 마음 졸였겠어요. 증조할머니의 마음이나 할머니의 마음이나 어린 저의 마음이나 어찌 보면 다 같은 마음인 거죠. 엄마가 우릴 두고 갈까 봐.

25

지금 생각해 보니 오빠나 언니도 저처럼 그런 생각을 했는지 궁금하네요. 왜 그런 걸 한 번도 물어본 적은 없었을까요.

어릴 때 기억 중 제일 크게 기억나는 두 가지가 있어요. 그때의 슬픔과 공포가 완전히 없어지지 않은 것처럼.

초등학교 그러니까 제가 국민학교 저학년 때죠. 하루는 학교를 마치고 집에 왔는데 엄마가 보이지 않았어요. 우리 밭이랑 논은 다 가봤는데도 말이죠. 다시 집에 돌아와 한참 기다려도 엄마가 오지 않았어요. 엄마가 도망갔다고 생각했었나 봐요. 그때부터 울어대기 시작했죠. 한 시간 족히 넘게 소리 내어 울고 나중에는 곡소리에 가깝게 울어대더니 콧물을 줄줄 흘리고 헛구역질하듯 토를 해댔죠.

그러고 있는데 엄마가 자전거를 걸리고 대문으로 들어오는 거였어요. 엄만 놀란 듯이 왜 울고 있냐고 하시더군요. 저는 "엄마가 도망간 줄 알았잖아"라고 바로 말해 버렸죠. 엄마는 옆 동네 정신이 약간 이상한 총각이 우리 집 자전거를 가져가 버려서 그 자전거 찾으러 갔다 왔다고 말씀하시면서 저를 꼭 안아주셨죠.

　그제야 정신은 차렸지만, 그 이후도 한참 잔 울음을 토해내느라 기운이 다 빠지고 말았어요. 그리곤 잠이 들었고 저녁 늦게 깨어 아무렇지 않은 듯 밥을 먹었죠.

　그때 우리 엄마가 무슨 생각을 하셨을까, 엄마 마음이 얼마나 찢어졌을지 생각해 보니 다시 또 먹먹해지네요. 어쩌면 저 때문에 발목이 잡힌 채 살아오셨는지도 모르겠네요. 어쩌면 말예요.

　또 한 번은 조금 전 일보다 이삼 년 흘렀을 때죠. 엄마가 있을 곳은 집 아니면 들이었죠. 혼자서 우리 논밭을 일구는 시간도 부족했기에 엄마는 다른 집 들일을 하러 갈 상황도 아니어서, 들판에서 엄마를 찾는 것은 식은 죽 먹기였죠. 우리 논, 밭만 가보면 되니까요.

어느 날은 들판에 나간 엄마가 해가 진지 한참이 지났는데도 집에 오지 않으셨어요. 이 논 저 논 다 가봤는데도 엄마가 보이지 않았지요. 소리쳐 엄마를 불러 봐도 대답이 없었죠. 그때부터 저는 또 불안해지기 시작했어요. 엄마가 도망갔나 싶었거든요. 다시 집에 와도 엄마가 와 있지 않았어요.

다시 논에 가보았죠. 보리타작 하고 보릿대를 태우는 희뿌연 연기 속에서 엄마가 보이기 시작했어요. 저녁 8시가 넘었지만, 여름날 밤이라 그런지 보릿대를 태우는 불빛이 훤해서 그런지 엄마는 논에서 한창 일을 하고 계셨지요. 분명히 엄마를 불렀는데 엄마는 그 소리를 듣지 못했다고 했어요.

엄마를 찾아 헤맨 그 시간이 제법 늦은 시간이었는데 겁도 없이 혼자 들판에 나가 엄마를 찾아 헤맨 것도 놀랍고, 또 그 당시 언니는 왜 옆에 없었는지, 왜 저 혼자 들판에 나가서 그랬는지 지금도 정확히 알 순 없지만, 나에겐 엄마가 전부였던 시절이었나 봅니다.

"남자도 못 사는 논을
여자가 돼서 겁도 없이 샀느냐"

아빠가 돌아가시고 엄마는 빚을 내서 논도 사고, 밭도 사고, 남의 논도 빌려서 농사를 많이 지으셨어요. 우리 집 논 중에 우리가 '새로 산 논'이라 칭하는 논이 있지요. 6마지기 900평 논이지요. 새로 산 논 옆 논을 또 새로 사고, 그 이후로도 논 3단지를 더 샀지만, 처음 새로 산 논은 30여 년이 지난 지금도 '새로 산 논'으로 불려요. 엄마가 논을 처음 샀을 때, 저희에게 빚을 얼마내고 돈을 얼마 보테 논을 샀다고 말씀하시면서 많이 설레던 엄마의 모습이 기억나네요.

그즈음 증조할아버지는 술만 드시면, "남자도 못 사는 논을 여자가 돼서 겁도 없이 샀느냐"라고 여러 번 소리를 치셨다고 해요. 증조할머니도 마찬가지고요.

그런데 그건 그 당시 엄마에겐 아무런 도움이 되지 않았고, 오히려 엄마의 오기만 더 키우게 됐죠. 엄마는 더 많이 일하고, 더 많이 돈을 벌어야 했기 때문이죠. 먼저 죽은 남편에게 혼잣말로 푸념하던 엄마 말을 빌리자면 "자식이나 적게 낳고 죽든가! 애를 넷이나 낳고 쳐 갔네!"라는 말처럼 애가 넷이니 말이죠.

사람만 좋은 먼저 간 남편 때문에, 아빠가 돌아가시자 엄마가 알지도 못하는 '아빠가 빌린 돈'이 갑자기 생기기 시작했어요.

"너그 아빠 지금까지 살아 있었으면 우리 집은 아마 거지가 됐을 끼다"라는 엄마의 말처럼 아빤 다른 사람들에겐 참 관대하고 좋은 사람이었죠. 자기 것 있으면 다 나눠 주는 그런 사람. 그 빚은 대부분 아빠가 다른 사람에게 돈을 빌려 형편이 딱한 이웃 동네 친구며, 아는 동생들에게 빌려준 돈이었죠. 엄마는 그 빌린 돈의 행방을 따질 법도 한데, 먼저 간 남편 눈이라고 편히 감으라고 10만 원이 생기면 10만 원을 갚고, 20만 원을 벌면 20만 원을 갚고 그러셨다고 하셨어요. 그러니 일을 안 할 수가 없으셨겠죠.

아침에 일어나면, 엄마는 늘 새벽에 나가 일을 한참 하고 들어온 뒤였지요. 서둘러 밥을 짓고, 가끔은 밥때가 늦어 저희는 굶고 학교를 가기도 하고, 가끔은 옆집 사는 외갓집 외숙모에게 밥을 빌려 와 도시락을 싸주기도 하셨어요.

학교에 가지 않는 날 아침, 저희가 늦잠을 자고 있으면 엄마는 소리를 지르곤 하셨죠. "나는 지금 들일을 얼마나 많이 하고 왔는데, 너희는 해가 중천인데 아직 잠을 자고 있노"라며 역정 섞인 목소리로 말이죠. 그건 아마 엄마도 힘들어서, 어린 자식들에게 그랬던 것이겠죠.

그땐 엄마의 목소리가 무서워서 얼결에 일어났지만, 지금은 그때 엄마의 감정이 어떤 건지 조금은 알 것 같아요.

그 생각은
제가 오빠에 대해 더 많은 걸 알기 전까지
계속 됐지요

그렇다고 그때 저희가 마냥 철이 없었던 건 아니었나 봐요.

국민학교 5학년 때인가, 학교에서 수업을 마치고 청소를 하는데, 친구가 책상을 밀다가 책상이 넘어지는 바람에 제 도시락통이 부서졌던 적이 있어요. 전 그 친구한테 도시락통 사 내라고 강력하게 말했죠. 거의 반협박 수준으로요. 산 지 얼마 안 된 새 도시락이기도 했지만, '도시락을 또 사려면 우리 엄마가 또 돈을 더 벌어야겠구나' 그런 생각이 더 컸죠.

그 뒷날 친구한테 또 도시락 빨리 사 내라고 했고, 결국 그 친구 엄마가 도시락을 사서 저희 엄마한테 직접 가져다줬지요. 그러면서 "딸이 와 그리 독하요? 우리 아들이 겁먹어서 도시락 안 사주면 학교에 안 간다카고 그라요" 하셨대요. 뭐 그렇게까지 심하게 한 건 아닌 것 같은데 저희 엄마에게 그렇게 말했다고 해서 좀 부끄럽기도 했던 기억이 나네요.

또 언젠가는, 바람이 심하게 불어서 고춧대가 부러지고 애써 키운 고추가 땅에 다 떨어진 적이 있었어요. 엄마는 보름만 있으면 빨간 고추를 딸 수 있을 텐데 고추가 바람에 다 떨어졌다며 안타까워하셨죠.

그리곤 부러진 고춧대에서 성한 풋고추를 골라 따서 포대에 담아, 버스를 타고 인근 함양장에 팔러 가셨죠. 저도 그때 엄마를 따라나섰고요. 엄마는 한 소쿠리씩 담아 식당에 들어가서 팔기도 하고 지나가는 사람을 붙잡고 "한 소쿠리 사가소"라며 말을 걸기도 하셨죠, 그동안 저는 그 고추 포대를 지키고 있었고요. 사는 사람이 거의 없어 나중에는 한 소쿠리 가격으로 두 소쿠리를 주고, 나중에는 포대 채로 식당에 떠넘기듯 싼 가격에 팔고 오셨죠.

그 일이 있기 전까지 저는 엄마가 한 해 농사지어 목돈처럼 돈을 번다고 생각했는데, 천 원, 이천 원 이렇게 고추를 파는 모습을 보고 그 당시 적잖이 놀라기도 했고 서글퍼지기도 했어요. 아빠가 원망스럽기도 했고요. 그런데 엄마는 "다행히 잘 팔아넘겼네. 식당에 떠 넘겼으니 망정이지, 안 팔리면 오데다 버리고 가야하나 걱정했다. 그 무거운 포대를 다시 버스에 싣고 집에 우찌가끼고. 참 다행이네 다행이라"라며 웃으며 말씀하셨죠. 그 말이 저에겐 더 슬픈 말이었죠. 집으로 오는 버스 안 아무 말도 하지 않고 창밖만 보고 집에 왔었어요.

그런데 더 황당한 게 뭔지 아세요. 그날 오후 늦게, 오빠가 친구를 만나러 간다면서 엄마에게 5천 원을 달라고 하는 거예요. 저한테 하는 소리도 아닌데 그 소리를 듣자마자 제가 오빠에게 버럭 화를 냈지요. "엄마가 오천 원 벌려면 얼마나 힘든지 알아?"라고 대뜸 소리치고는 제 방으로 들어가 버렸지요.

지금 생각하면 오빠는 아무것도 모른 채 얼마나 황당했을까 싶긴 하네요. 그래도 그땐 어린 제 눈에 오빠가 너무 철이 없어 보였거든요. 그 생각은 제가 오빠에 대해 더 많은 걸 알기 전까지 계속 됐지요. 그 이야기를 듣기 전까지 말이에요.

오빤 고등학교를 부산에 있는 기계공고에 갔지요. 산청에서 부산까지는 제법 먼 곳이죠. 특히나 30년 전, 면 소재지도 아닌 더 외진 시골 동네에서는 말이에요.

오빠가 기계공고에 들어가고 얼마 되지 않아 제도판이랑 공구를 사야 한다고 엄마에게 재료비 살 돈을 보내 달라고 한 적이 있었어요. 산청에 있는 인문계고등학교에 갔으면 좋았을 텐데 괜히 공고에 가서 그런다고 원망 아닌 원망을 했지요. 엄마가 힘들게 일하면서 돈을 버는데 공구 살 돈을 벌려면 엄마가 더 일을 많이 해야 한다고 생각했거든요.

그런데 그 일이 있고 한참 지나서 제가 대학생이었을 때 언니한테서 이야기를 들었지요. 동생들도 공부해야 하는데 오빠가 인문계 고등학교 가서 대학을 가면 학비가 더 들 테니 기술을 배워 빨리 취업해서 돈을 벌어야 해서 기계공고에 갔다는 사실을요.

그 이야기를 듣는 순간 오빠에게 너무 미안해지더군요. 가끔은 '첫째로 태어나 12살 때 아빠를 잃은 오빠가 더 불쌍할까, 막내로 태어나 아빠 얼굴도 제대로 기억하지 못한 채 6살에 아빠를 잃은 남동생이 더 불쌍할까' 생각해 본 적이 있었는데, 그 이야기를 들었을 때는 첫째로 태어난 오빠가 훨씬 더 불쌍했죠. 오빠가 고등학교 진학할 때가 고작 16살이었을 뿐인데, 장남으로서 우리 가족을 책임져야 한다는 부담감이 얼마나 컸을까 생각하니 말이에요.

책임감을 가진 것 오빠뿐만이 아니었어요. 그건 언니도 마찬가지죠. 언닌 인근 진주 인문계 고등학교가 아닌 거창에 있는 고등학교로 입학시험을 쳤죠. 1점 차이로 시험에 떨어졌지만, 진주 인문계 고등학교로 시험을 쳤으면 아마 수석까진 아니라도 부수석 정도로 합격했을 높은 점수였죠. 언니가 거창에 있는 학교로 시험을 친 가장 큰 이유는 기숙사가 있는 학교였기 때문에 학비가 많이 들지 않아서예요.

그에 반해 저는 고집도 세고 욕심도 많았나 봐요.

저는 기억이 없는데, 언제가 엄마가 그러시더라고요. 중3 때 담임선생님이 엄마를 부르셔서 3번이나 진로 상담을 하러 갔다 오셨는데, 그때 선생님은 제가 성적이 좋으니, 진주로 고등학교를 보냈으면 좋겠다고 말씀하셨고 엄마는 그때마다 집안 형편이 안 좋아서 그냥 산청에 있는 고등학교를 보냈으면 한다고 말씀하셨대요.

원서접수를 더 미룰 수 없는 시기가 되자 엄마는 저에게 산청에 있는 고등학교에 가라고 말씀하셨고, 저는 "나보다 공부 못하는 애들도 다 진주 가는데, 나도 진주 갈래! 진주 안 가면 공부 이제 안 해도 되겠네"라고 말하고는 한창 보고 있던 책을 덮어 버리고 자버렸다고 하더라고요. 전 사실 기억도 안 나지만요.

그 모습을 보고 엄마는 제가 어쩌면 벗어나가겠다 싶어 없는 형편에 무리해서 진주로 고등학교를 보냈다고 하시더라고요.

그래서 저는 결국 진주에 있는 사립고등학교에 다니게 됐지만, 저는 1학년 한 학기 동안 엄마가 보고 싶어 전학을 다시 와야 하나 고민을 할 정도였고, 엄마는 제가 고등학교 다니는 동안 제 하숙비를 댄다고 고생하셨죠. 농사일이 월급쟁이처럼 매달 현금이 나오는 게 아니다 보니, 엄마는 가끔 하숙비를 쌀로도 내고 하셨죠. 동생은 이런 누나를 보고 진주까지 고등학교 가 봐야 별 볼일 없는 걸 알았는지 집에서 고등학교 다니는 게 효도하는 거라며 일찌감치 산청에 있는 고등학교를 다녔고요. 저희 오빠, 언니를 보면, 그래서 형만 한 아우 없고 큰딸은 살림 밑천이라고 하나 봐요.

지금 생각해 보면
그 일을 어떻게 했을까 싶을 정도로요

가끔 흐린 날 손목이 아프고, 몸이 찌뿌둥하다는 저를 보고 남편은 "어릴 때 농사를 많이 해서 그렇지"라고 말하지요. 저는 "아이 낳고 산후조리를 제대로 못 해서 그런 그지!"라고 말하고요. 그런데 아닌 게 아니라, 남편 말처럼 진짜 일을 많이 한 것 같아요. 저뿐만 아니라 저희 4남매 모두요. 학교 갔다 오면 가방 던져두고 들에 가기가 바빴죠. 지금 생각해 보면 그 일을 어떻게 했을까 싶을 정도로요. 지금 예전처럼 일하라고 하면 절대 못 할 것 같아요. 그때가 지금보다 더 힘이 셌던 게 아닐까 싶을 정도라니까요.

양파 모종 밭에서 새끼손톱 반의반도 안 되는 잡초를 뽑다 보면 딸기 대야에 한가득 되죠. 그걸 논둑에 버리죠. 양파 모종을 정식으로 논에 옮겨심기 전까지 몇 날 며칠 계속 그 일을 하다 보면 뽑아버린 잡초 덕에 논둑이 푹신하게 밟힐 정도죠. 잡초는 뽑아도 뽑아도 왜 그리 자꾸 나오는지.

낮엔 마늘종을 뽑고 저녁엔 마루에서 마늘종을 가지런히 가려 묶어서 그 뒷날 엄마가 수매하러 가셨죠. 잠 오는 눈을 비비며 그날 뽑은 마늘종은 그날 우리가 해야 할 할당이었죠. 엄마는 저희더러 잠 오면 자러 가라고 하셨지만요. 한 단에 300원, 500원, 어쩔 땐 길고 좋은 건 800원을 받았죠. 마늘종 가격은 동네 사람들의 자부심이죠. 엄마도 여러 번 우리 집 마늘종 가격이 제일 잘 나왔다며 뿌듯해하시고요.

지금이야 벼를 수확할 때 콤바인이 벼를 베면서 바로 탈곡을 하고 기계로 건조까지 하지만, 저희 어릴 때는 바인더라는 기계로 벼를 자르고 한단 씩 묶여 나오면 그 벼를 논에서 잘 뉘어 말리고 3일 정도 지나면 뒤집어 뒷면을 또 말리고, 다 마르면 볏단을 한곳에 모아 탈곡기로 탈곡해서 멍석에서 말렸죠. 말리면서 중간중간 벼 나락을 뒤집어 골고루 섞어 다시 잘 펼쳐 줘야 하고요, 그리고 나면 온몸이 까슬까슬하고 가려웠죠.

요즘 젊은 사람들에겐 예전 풍속도에나 나올 그런 그림이지요. 제 나이가 그렇게 많지 않은데도 불구하고, 마치 최소 반백 년은 산 사람처럼 말하는 게 조금 민망해지네요. 반소매 옷을 입을 때마다 제 팔뚝 근육이 남들보다 월등한 것이, 어릴 때 농약 줄을 너무 많이 잡고 당겨서인지 아니면 한 포에 20kg이나 되는 비료를 너무 많이 날라서 그런가, 아니면 소 외양간의 소똥을 치운다고 이렇게 말하니까 이상하네요, 우리는 그걸 '소마구 친다'라고 하죠. 하여간 소마구 친다고 쇠스랑 질을 너무 많이 해서 그런가 하는 고민은 지금 와서 별 쓸모가 없지만 그래도 가끔 그 이유를 찾곤 한답니다.

고등학교를 진주에서 다니다 보니, 다른 자식들에 비해 농사일을 많이 못 도와 드려 죄송했죠. 그래서 집에 온 주말이면 농사일

을 많이 거들었어요. 그러고 나서 월요일이 되면 몸이 너무 피곤해서 아프기도 했고, 몸살을 앓기도 했죠. 일한다고 주말 동안 공부를 못 해 시험을 잘 못 봐 선생님께 혼이 날 때는 아파서 공부를 못 했다는 거짓말을 하기도 했고요.

대학교는 6월 중순부터 방학이 시작 돼요. 방학이 시작되면 바로 농사일을 도우러 집에 갔죠. 그땐 한창 양파 수확이며 모내기 철이니까요. 어느 날 점심을 먹으면서 갑자기 눈물이 나서 제방으로 들어왔죠. 엄마, 오빠, 언니 모두 제가 우는 이유를 몰라 어리둥절했죠. 결국 그 세 사람은 제가 밥을 먹다 혀를 씹은 것으로 결론을 냈지만, 그 세 사람은 제가 운 이유가 뭔지 아직도 잘 모르죠.

그때 제가 운 이유는 사실 너무 힘들어서였어요. 언니, 오빠는 주말이라 일을 하러 온 거였고, 저는 일찍 시작된 방학 덕분에 며칠 동안 계속해서 들일을 하는 상황이다 보니 너무 힘들었거든요. 그날이 마침 그 고단함의 한계로 다가왔던 거고요. 농사일하다 너무 힘들어서 울었다는 이야기는 처음 들으시죠? 정말 너무 힘들어서 밥 먹다가 울었다니까요. 그 정도로 저희도 엄마를 도와 열심히 일했죠.

어릴 때 열심히 농사일을 도운 것은, 아마도 어릴 때부터 엄마가 우리 집의 재정 상태를 알려주신 것 때문인지도 모르겠어요. 어릴 때부터 엄마는 우리 집 재산이 얼마고, 얼마를 주고 논을 샀고 그중 빚을 얼마 냈고, 얼마를 갚았다는 말을 해주셨지요. 그 이야기를 듣는 게 싫지 않았어요. 우리 집이 부자가 되어 가고 있다고 생각했으니까요. 그리고 살림이 좋아지게 된 건 우리 4남매의 땀도 한몫한 셈이니 약간의 뿌듯함도 있었다고나 할까요. 여하튼 그게 결국 저희 엄마 나름대로 자식들에게 경제 공부를 시킨 셈이 됐죠.

어떤 날은 팔뚝에
계란보다 더 큰 시퍼런 멍을 만들기도 하셨죠

　엄마는 아빠가 돌아가시고 얼마 되지 않아, 경운기 운전을 배우셨죠. 사실 그 시절엔 여자가 경운기 운전을 운전하는 게 흔한 일은 아니었죠.

　게다가 그렇게 젊은 여자가 경운기 운전하는 것은 더 찾기 어려운 일이죠. 엄마가 경운기 운전을 하면서 농사일의 능률은 더 올랐지만, 그만큼 엄마는 자주 다치셨죠.

　어떤 날은 동네 개울에 경운기를 처박아 사람들이 우르르 모여들고 다른 큰 기계가 경운기를 끌어올리기도 했고, 어떤 날은 팔뚝에 계란보다 더 큰 시퍼런 멍을 만들기도 하셨죠. 어떤 날은 경운기 머리가 하늘로 쳐 올라가고 엄마가 매달리듯 한 그런 장면을 연출하기도 하셨고요. 전진이 아닌 후진으로 아슬아슬한 장면을 연출하기도 했고, 후진하면서 좌회전이 우회전이 되기도 했죠. 경운기 운전이 힘에 부치고, 기어를 제대로 넣지 않으면 생기

는 그런 일이라고 하더라고요.

수매하는 날에는 경운기에 벼 포대를 가득 싣고 큰 차가 쌩쌩 달리는 좁은 2차선 찻길을 위험하게 건너야 했지요. 들에서 마늘을 캐 경운기로 집에 싣고 오는 날은 높이 쌓아 올린 마늘 더미가 헛간 입구 시야를 가려 후진하다 담을 부술 뻔하기도 했고요. 경운기 짐칸에 착착 재어 올린 양파망은 어느 순간 균형을 잃고 길바닥에 줄줄 떨어져서 힘들게 수확한 양파가 깨지기도 했지요.

그렇게 경운기와의 인연은 힘들었지만, 농사일을 위해서는 떼려야 뗄 수 없는 사이가 되어 버렸지요.

큰 짐이 없는데 들에 나갈 때마다 매번 경운기를 가지고 갈 순 없는 노릇이었죠. 그래서 저희 엄마는 그다음 오토바이를 사셨어요. 자전거처럼 발로 안 굴려도 손목으로 살짝 당기기만 하면 앞으로 나가는 오토바이를 너무 신기해하셨지요. 그런데 브레이크 작동법을 착각하셔서 가끔은 슈퍼맨처럼 날고, 가끔은 오토바이 바퀴가 땅굴을 파듯 논두렁에서 계속 혼자 돌고 있기도 했죠.

50대 중반이 넘은 어느 날 여름, 돋보기안경을 내려쓰고 자동차운전면허 책을 길게 펼쳐 놓고 공부를 하시더군요. 그걸 보고 깜짝 놀랐죠. 오토바이나 경운기 운전하는 것도 매번 위험해 보이는데 엄마가 자동차운전을 하려고 한다고 생각하니 너무 걱정됐어요.

사실 그 몇 해 전부터 엄마가 운전을 배워야겠다고 하시는 걸 그때마다 저희가 위험하니까 배우지 마시라고 했었거든요. 안 그렇겠어요. 경운기 사고도 나고, 오토바이로 날아서 다치시고 그러시는 걸 봤는데…

그래도 엄마는 농한기인 여름이 덜 바쁘니 그때 공부를 해야겠다고 생각하고 책을 샀다고 하셨어요. 그런 엄마를 보고 있으면 '문제를 저렇게 띄엄띄엄 천천히 읽어서 시험 시간 이내에 답을 제출하실까' 하는 생각이 들기도 했지만, 그래도 꿋꿋이 공부하시더니 필기시험을 2번 만에 따고 실기랑 도로 주행시험은 한 번에 떡하니 붙으셨죠. 너무 놀랍기도 하고 대단하셨지만, 한편으로는 걱정도 많이 됐지요. 그런 걱정을 뒤로하고 엄마는 면허증을 따고 바로 차를 사셨어요. 운전하는 법 잊어버리기 전에 운전을 해야 한다고 하신다면서요.

그리곤 며칠 되지 않아 주차장에서 차를 빼다 접촉사고를 내고는 보험회사를 불러 달라고 전화하셨죠. 또 어떤 날은 자동차 한

쪽 바퀴가 도롯가에 빠졌다고 견인차를 불러야 할 것 같다고 급하게 전화를 하시기도 하시고, 또 어떤 날은 차에서 이상한 소리가 난다, 어떤 날은 자동차 시동이 안 걸린다고 하시고.

제가 다른 자식보다 근처에 살다 보니 그런 비상 전화는 대부분 저한테 연락을 많이 하시거든요. 그런데 자주 그러시는 게 죄송하셨는지, 가끔은 저 몰래 차를 수리해 오시기도 하세요.

운전은 산청읍, 멀리는 인근 함양군까지가 전부고, 요즘도 후진하다 가끔 대문에 부딪히고 하시지만, 그래도 운전을 하시니 기동력이 훨씬 좋아지니, 요양보호사도 하러 다니시고, 시장 보러 가시기도 좋고, 동네 아주머니들 태우고 옆 동네로 쑥 캐러 다니기도 하시고, 좋은 점도 많은 것 같아요.

언젠가 엄마가 그런 말씀을 하시더라고요. "너희는 자동차 살 돈으로 그냥 택시 불러 타고 다니는 게 낫지 않냐 하지만, 그런데 말이 그렇지, 여기 택시는 시간 맞춰 오지도 않을뿐더러 어떻게 매번 택시를 타고 다니노. 차는 시동만 걸면 내 가고 싶은 곳 다 가니까 좋더니만"라고요.

그 말을 듣는 순간, 엄마가 좀 더 젊으셨을 때 운전 배운다고 하셨는데 그때 괜히 말렸나 하는 생각이 들기도 했어요. 또 우리들 마음 편하자고 운전을 못 하시게 한 건 아닌가 싶기도 했고요. 바쁘다는 핑계로 좋은 곳 많이 못 모시고 다닌 게 죄송하기도 하고, 별 생각이 다 들더라고요.

그렇게 엄마의 탈 것이 계속 변해오는 동안 저희 자식들이 할 수 있는 말은 "엄마, 조심히 타, 조심히 타" 그 말 밖에는 할 말이 없었지요.

가장이란 부담과 책임감이
뿌리 뽑히지 않는 신경성 질환과
한 몸이 되어 버린 건 어쩌면 당연한 일이겠죠

사실 엄마가 운전을 배우신 건, 나이 60, 70이 되면 농사일도 힘에 부칠 테고 해서 요양보호사라도 할까 싶어서였다고 하시더라고요. 그래서 운전배우시면서 요양보호사 교육도 받으러 다니셨다고요.

그 당시 한창 요양보호사 자격증이 유행이었죠. 저희 엄마가 그 자격증을 딴 그해까지만 자격이 이수제였고, 그 뒤부터는 시험제로 바꿨지요. 그래서 다행히 엄마는 그 자격증을 비교적 수월하게 따셨고요.

엄마는 요양보호사를 바로 하진 않으셔서 그 자격증을 5년 정도 그냥 장롱 면허처럼 두셨지요.

그런데 엄마 말처럼 엄마 나이 예순이 넘으면서 예전처럼 일을 많이 할 수 있는 상황이 못됐죠. 양파며 마늘 농사를 많이 지어도 기계 값, 인건비, 종자, 퇴비, 농약 값을 다 떼고 나면 남는 게 거의 없었죠. 병원 찾는 횟수만 늘어나고요. 게다가 양파가격이 많이 내려간 해는 더 힘들었고요.

결론은 농사를 지으면 몸만 더 아파서 병원비만 더 들어가는… 왜 있잖아요, 시골 할머니들은 농번기에 돈 벌어서 농한기에 병원에 다 갖다 준다는 말이요.

우리 동네 아주머니들만 봐도 그 말이 딱 맞는 것 같아요. 저희 엄마도 마찬가지구요.

손가락 관절 신경이 끊어지고, 목디스크가 오고, 급성 신우신염에 걸리셔서 입원도 자주 하셨죠. 긴 입원은 아니었지만 3~5일 입원도 자주 있었죠. 저희 몰래 하신 입원도 여러 번이고요. 어쩔 땐 너무 기운이 없어서 그러셨기도 했고요.

병원에선 '신경성'이란 단어를 참 좋아하는 것 같긴 하네요. 저희 엄마도 자주 신경성병이 나시죠. 아직 양파 수확이 한참 남앓는데 장마가 일찍 시작돼 버려서, 또 아직 양파 모종을 논에 정식하지도 못했는데 겨울 추위가 너무 일찍 와 버려서요. 또 저희 4남매 걱정도 다 신경성 질환이 되셨던 것 같아요. 왜 안 그렇겠어요.

가장이란 부담과 책임감이 뿌리 뽑히지 않는 신경성 질환과 한 몸이 되어 버린 건 어쩌면 당연한 일이겠죠. 입원하고도 논에 물을 대러 가봐야 한다며 외출하고, 다른 사람한테 농약 살포 일을 시켜 놨는데 제대로 안 할 것 같아서 가 봐야겠다며 외출을 할 수밖에 없는 그런 걸 보고 누가 감히 우리 엄마를 나일론환자라고 할 수 있겠어요.

언니가 회사에 다니고 나서부턴 엄마의 건강검진은 자연스럽게 언니의 몫처럼 돼 버렸어요. 언니가 우리 4남매 중 가장 먼저

직장생활을 했으니까 그렇게 시작된 거였지만, 그걸 20년 가까이 맡고 있는 언니에게 고마워할 일이죠.

엄마의 건강검진 결과는 언니를 통해서 1차 이상 무를 확인하고 저희 4남매에 거친 다음 엄마에게 전달되죠. 그런데 말이죠. 그동안 건강검진에서 보이지 않았던 엄마 키가 올해 유독 눈에 띄더라고요. 신장 153㎝… 엄청 당황스러웠어요. 어릴 땐 저랑 키가 같았거든요.

하긴, 요새 제가 엄마랑 어깨동무하면 엄마 어깨가 제 어깨 한참 아래에 있죠. 나이가 들면 키가 줄어든다는 말을 들은 적이 있는데, 그래도 이렇게까지 많이 줄어들지는 몰랐거든요. 사실 동네 아주머니들 중에서는 제법 큰 편이고, 그냥 봐도 그렇게 키가 작아 보이진 않으시거든요.

제가 제 딸과 어깨동무를 할 때 저보다 어깨가 높아 제 팔이 위로 올라가죠. 훌쩍 커 버린 딸을 보며 흐뭇했는데, 엄마랑 어깨동무할 때 아래로 축 내려 온 제 팔을 보고는 서글퍼지더라고요. 그튼튼하던 다리가 참새 다리처럼 야위어가고, 바닥에 앉으면 엉덩이가 배길 정도로 살이 빠진 엄마를 보는 것만큼이요. 그만큼 서글퍼졌지요.

그런데 그 서글픔과는 별개로 저는 나쁜 딸인가 봐요. 엄마 건강검진 결과에서 황반변성, 시력 저하는 물론 청력도 안 좋고, 위염, 골다공증이 있으니 내원하여 진료 및 관찰을 필요로 한다는 내용을 보고도 별 크게 반응하지 않았죠.

대신 관절약, 눈약, 유산균 이런 약만 사드리곤 생색을 내곤 했어요.

그리곤 밥 잘 챙겨 드시는 게 약보다 훨씬 좋다며, 혼자 밥 먹는다고 물에 밥 말아 드시지 말고 고기반찬도 좀 드시고, 다리근육도 키워야 하니 동네 한 바퀴 돌며 운동도 좀 하시라고 말했죠.

그리고 덧붙여 엄마 나이에는 다 그렇다고. 우리도 다 그렇게 안 좋게 나온다고. 그건 엄마의 걱정을 덜어주려고 한 위로였죠.

그리고 어쩌면 더 큰 병이 아니길 바라는 마음에 그 결과를 거부하는 것일지도, 또 한편 아주 작은 마음으로는 나이 듦에서 오는 엄마의 병을 자연스럽게 받아들이고 있는 것 인지도 모르겠어요. 마치 밭두렁에 서 있는 허수아비의 옷이 빛바래져 가는 것처럼요.

그러니까 그건,
엄마가 아닌 허수아비였죠

고추 모종이 좋아서 그런지 올해 우리 집 고춧대가 동네에서 제일 좋다고 엄마는 좋아하셨죠. 마른 고추 팔 데를 일찍 알아봐야겠다는 말씀도 하시고요. 빨간 고추 많이 따면 저희 시댁 김장에 쓸 고춧가루 많이 줄 거라 그러셨는데, 잦은 장마와 태풍으로 예년보다 일찍 와 버린 탄저병으로 우리 집 고추 농사는 올해도 꽝이 됐죠.

고춧대를 일찍 뽑아 버리고 마늘 심을 밭을 미리 장만해 둔다고 주말에 일손을 좀 도와 달라고 하셨어요. 저는 엄마가 계신 밭으로 갔어요. 엄마는 진분홍색 웃옷을 입고, 빨간색과 남색의 큰 꽃무늬가 섞인 일모자를 쓰고 계셨죠. 바로 우리 엄마였죠.

엄마가 저 건너 고춧골 사이에서 머리를 내밀면서 "은화 왔나?" 하시기 전 까지요. 그러니까 아까 그건 엄마가 아닌 허수아비였죠. 어쩜 그리도 엄마랑 키도 비슷하고 옷 입는 스타일도 비

숫한지. 그렇게 먼 거리도 아니었는데, 허수아비를 엄마로 착각할 정도였으니까요. 그런데 허수아비가 엄마가 아닌 걸 알고도 그 허수아비를 다시 보게 됐죠.

언니가 안 입는다며 엄마에게 입으시라고 준 진분홍색 티셔츠는 빛이 바래 진분홍과 연분홍이 얼룩덜룩한 새로운 무늬를 만들고 있었어요. 흰옷 한 뭉치를 나일론 끈으로 뭉쳐서 매직으로 눈, 코, 입을 살짝 그어 만든 얼굴은 일모자의 큰 챙으로 덮여 있었죠. 모자는 최근까지 엄마가 외출하거나 등산가실 때 썼던 모자였는데, 아직 쓸 만한 걸 허수아비에게 양보한 건지.

순간 왈칵 눈물이 났어요. '언젠가는 우리 엄마도 저렇게 대답 없는 허수아비처럼 우리 곁을 떠나시겠구나' 하는 생각이 들었거든요. 엄마가 저 건너에서 제 쪽으로 건너오시기 전에 저는 눈물을 훔친다고 힘들었지요.

별것도 아닌 허수아비 때문에 엄마의 죽음까지 생각하게 한 허수아비가 아주 미웠죠. 그래서 엄마에게 "엄마, 이거 이제 빼 버릴까?"라고 했더니, "놔둬라. 밭두렁에 꽂아놔서 안 거치적거리니 그냥 놔둬도 된다"라고 하시더라고요.

일을 마치고 집에 가는 길, 허수아비가 눈에 밟혀 계속 뒤를 돌아봤지요. 엄마가 나이 들어감을 인정하기 싫지만, 나 스스로 인정하고야 말게 한 그 허수아비. 다음에 올 때 허수아비 옷을 예쁜 옷으로 바꿔 입혀 줘야겠다고 생각했는데, 어느 날 가보니 그냥 허수아비를 빼 버리셨더라고요. 다행이었지만 그것도 왜인지 개운하진 않았지요.

he was...

힘들 때 찾게 되는 나의 신(神),
우리 아빠

아빠가 똑똑한 사람이었다는 건,
제가 아빠 친구분들을 가끔 만나게 되면
지금도 듣게 되는 말이고요

"엄마는 아빠랑 왜 결혼했어?"라고 언젠가 여쭤본 적이 있었어요. 엄마는, "너그 아빠가 동네 아가씨들은 다 때리고 다릴 정도로 못됐는데, 그 때 나는 안 때려서 그래서 결혼했지 뭐"라고 하셨죠.

처음엔 그 말이 뭔 말인가 했는데, 그냥 엄마를 잘해 줘서 결혼했다는 말씀이셨죠. 그리고 한 가지 더, 아빠가 잘생겨서 좋았다는 거. "난 아가씨때 너그 이모부 못 생겨서 같이 한 상에서 밥도 안 먹을라 했다. 너그 이모부는 그것도 모르고 내가 부끄러버서 같은 상에서 밥 안 묵는 줄 알더라. 너그 아빠 정도는 생기야지" 그런 말을 듣고는 알았죠.

아빠의 얼굴이 잘 기억나진 않지만, 집에 몇 장 남아 있는 엄마 아빠의 결혼사진을 보면, 사진 속 아빠는 지금 봐도 참 잘생긴 훈남이셨죠. 남동생이 아빠를 많이 닮았죠. 오빠랑 저의 넓대대한 얼굴형이 아닌 언니와 남동생의 얼굴형처럼 약간 계란형의 얼굴이시죠. 남동생 얼굴에서 가끔 아빠가 보이기도 해요. 그래서 가끔은, '엄마가 남동생을 보면 아빠 생각이 날 수도 있겠구나' 그런 생각을 하곤 하죠. 동생 키도 아빠 키랑 비슷하고요.

아빤 4H 활동을 하셨다고 엄마가 말씀하신 적이 있어요. 그때 4H가 뭔지 몰라서 그 뜻을 찾아봤었죠. 좀 똑똑한 젊은 사람들을 뽑아 교육을 시켜서 그 내용을 지역에 전파도 하고, 그걸로 농촌을 발전시키는 그런 활동을 하는 거였어요.

그래서인가 제 어릴 적 기억에 아빠는 소에게 음악을 틀어 주기도 하고, 곳간을 개조해 바람을 일으키는 기계를 설치해서 벼를 건조시키기도 했어요. 그리고 동네 몇몇 집에도 그런 걸 만들어 주곤 하셨어요.

다른 사람들과 정장 같은 단체복을 입고 찍은 사진을 본 적도 있고요, 몇 날 며칠 교육을 받고 집에 오면 남동생이 아빠를 못 알아보고 눈만 멀뚱멀뚱했었다는 이야기를 엄마한테 들은 적도 있고요.

아빠가 농민후계자여서, 우리 가족 모두 농민후계자 한마당 행사에 가서 백일장행사, 사생대회를 참여하고 상품으로 공책도 받고 스케치북이랑 크레파스도 받아 왔던 기억도 있고요.

아빠가 돌아가신 지 한참이나 지났지만, 그래도 가끔 아빠를 알아보는 사람을 만나기도 해요. 그리고 아빠가 어떤 사람이었는지 다시 한번 상기하게 되죠.

아빠가 똑똑한 사람이었다는 건, 제가 아빠 친구분들을 가끔 만나게 되면 지금도 듣게 되는 말이고요. "그때 너그 아빠 참 똑똑하고 대단한 사람이었대"라고요. 그리고 아빠 닮아 우리 자식 모두 똑똑한 거라는 말도 꼭 덧붙여 듣지요.

아빠에 대한 엄마의 원망이
연민으로 변했단 걸 알게 됐죠

"너그 아빠가 아직 살아 있었음 이집 저집 다 퍼다 주고 우리 집은 아마 거지가 됐을 끼다"란 엄마의 말처럼 아빤 다른 사람에겐 참 좋은 사람이었죠.

우리 집 농사일이 많이 밀려도 다른 집 일부터 챙기고, 누군가 돈을 빌리러 오면 다른 사람에게 돈을 빌려서라도 돈을 마련해 주시기도 하셨죠. 그렇다고 돈을 받아오는 일은 거의 없었고요.

그러니 엄마가 그런 말씀을 하실 만도 하죠. 우리 집보다 다른 사람 챙기기에 더 바쁜 사람. 그런데 그런 아빠 덕분에 엄마는 요즘 "너그 아빠 친구들이 나한테는 참 잘한다"라는 말을 자주 하세요. 그건 그나마 엄마가 아빠를 더 원망하지 않고 불쌍하게 생각하게 하는 이유가 되기도 하고요.

"옛날에는 수해도 많이 나서 논이 떠내려가면 돌 주워서 논두렁 만들고 흙 채워 넣고, 그러면 또 수해 나서 논이 없어지고 그러더구먼, 너그 아빠 죽고 나니까 수해도 안 난다. 요새 농사짓기는 얼매나 쉽노. 일도 아니다. 내가 나이만 좀 더 젊었으면 논 10마지기 짓는 건 일도 아니다. 참 더럽게 복도 없는 사람이다. 고생만 하고. 이리 좋은 세상 뭘 다고 빨리 갔나 모르긋다"라고 말씀 하실 때, 아빠에 대한 엄마의 원망이 연민으로 변했단 걸 알게 됐죠.

아빠에 대한 기억은
제가 8살 그러니까 국민학교 1학년 입학하기 며칠 전
어느 날까지에 멈춰 있죠

1988년 엄마가 서른다섯 살이 되던 해, 아빠는 우리에게 아빠에 대한 기억도 추억도 별로 아니 거의 남겨 두지 않고 우리 곁을 떠났어요. 그래서 아빠에 대한 기억은 제가 8살 그러니까 국민학교 1학년 입학하기 며칠 전 어느 날까지에 멈춰 있죠. 솔직히 말해서 제 기억 속 아빠는 제가 만든 기억인지, 아니면 동네 어른들의 말에 제 상상이 첨가돼 조작된 기억인지, 정말 그런 일이 있었는지 확신할 순 없어요.

어릴 때 우리 4남매 중에 제가 제일 덜 똑똑했다고 국민학교 병설유치원 교사를 했던 같은 동네 6촌 고모가 엄마에게 그렇게 말했다는 걸 한참 뒤에 다른 사람한테 전해 들었지요. "은화는 언니 집 애 안 같다"라고요. 그걸 듣고 참 황당하더라고요, 그런데 또 생각해보니 그래서 어릴 때 기억이 거의 안 났나 싶기도 하고요. 가끔 주변에 서너 살 때 아니 대여섯 살 때가 기억난다고

하는 사람을 보면 거짓말 같아요. 어떻게 그때가 기억날 수 있는지 말이에요.

하여튼 전 좀 어릴 때 기억이 거의 없지만, 아빠에 대한 몇 가지 기억이 있어요. 그 몇 안 되는 기억이 마흔이 넘은 지금 저에게 큰 힘이 되고 위로가 되고, 가끔은 아빠에 대한 원망거리가 된다는 것이 신기해요.

어릴 때 저는 아빠 막걸리 심부름을 잘도 했지요. 그때 제가 조금만 더 컸더라면 아빠한테 왜 자꾸 술을 마시느냐고 반항도 했을 테지만요. 그땐 막걸리 심부름하면 눈깔사탕 몇 개 사 먹는 일이 더 신났을 어린 나이였으니까요. 지금 생각해보니, 그래서 아빠가 오빠나 언니가 아닌 아무것도 모르는 저한테 심부름을 시킨 것일지도 모르겠네요.

아빠 심부름으로 동네 막걸리 가겟집에서 막걸리를 받아 오다 몇 모금 마셨던 기억이 있어요. 이 일은 제가 어른이 된 지금 다른 자식들보다 술을 조금 더 잘 마신다는 이유로 엄마한테 알코올 중독자냐고 핀잔을 듣는 시초가 되지 않았나 싶기도 하네요. 첫 직장을 갖고 직장 향우 모임에서 회식을 했어요. 매년 연말엔 좀 거하게 모임을 하잖아요. 제가 막내고 직위도 차이가 크고 하니, 주는 술을 족족 받아 마시고 집에 오자마자 뻗었는데 그걸 2년 연속하다 보니 엄마가 핀잔을 주는 건 당연한데도, 그땐 저도 화가 나서 "엄마가 사회생활을 해 봤냐! 내가 마시고 싶어서 마시냐! "라고 소리쳤었어요. 아빠가 술 때문에 일찍 돌아가셨기 때문에 엄마가 더 염려하는 것도 생각 못하고요. 그런데 사실 제가 술을 잘 마시는 게 아니라 다른 가족들이 술을 못 마시는 거랍니다.

또 다른 기억은, 우리 집 작은 끝방에 배가 부른 상태로 누워있는 아빠를 비스듬히 일으켜 10알이 넘은 약을 하나하나 다 까서 아빠 손에 쥐여 주며 드시라고 했던 거예요.

그런 일이 동네 사람들에게 어떻게 소문이 났는지 모르겠지만, 그런 일 때문에 저는 어릴 적부터 아빠한테 효녀였다며 동네 할머니들로부터 지금까지 칭찬을 듣고 있지요.

아빤 큰 도시로 나가 일하고 싶어 했어요. 그런데 할아버지가 많이 셨고, 게다가 아빤 외아들이다보니 멀리 나가 사는 게 허락되지 않았나 봐요. 동네 사람들까지 "저리 똑똑한 젊은 사람을 촌구석에 잡아 두니 속이 안 썩고 베겨내겠냐"라고 그러셨대요.

아빤 속상해서 술을 자주 드셨고, 그러다 간이 안 좋아져서. 산처럼 불룩하게 솟아오른 아빠 배는 배 속 장기에 물에 가득 찬 거라고 하셨죠. '복수(腹水)'라는 단어는 제가 한참 크고 나서야 안 단어지요. '복수'라는 단어를 처음 알게 됐을 때 어릴 적 아빠의 모습이 생생하게 떠올랐어요. '아, 그게 바로 복수구나' 그런 생각이 들었어요.

사실 어릴 때 아무것도 몰랐지만 조금 크고 나니, 그 지경이 될 정도로 아빠가 스트레스를 얼마나 받았을까 싶기도 하고, 또 그렇게 될 때까지 엄마랑 저희 자식들 생각을 하긴 했을까 했으면 그 지경까지 됐을까 하는 생각이 들기도 해서 원망도 했어요.

그때 제가 조금 더 컸더라면 아빠에게 왜 그런 행동을 했냐고, 자기 삶에 대한 의지가 그렇게 없냐고, 자식은 낳기만 하면 다냐고 소리쳤을 거 같아요. 그때 조금만 더 컸더라면 말이에요. 조금만 더 철이 들었으면 말이에요. 조금만 더.

집 아래 콘크리트 속에 묻혀
우리와 함께하고 있을지도 모르겠습니다

그렇다고 아빠에 대한 나쁜 기억만 있는 건 아니에요.

저의 집에 낡은 카세트테이프가 하나 있었죠. 그 테이프 속엔 아빠와 우리 4남매의 목소리가 들어 있었어요.

"뭐 갖고 싶냐?"라는 아빠의 물음에 드럼을 갖고 싶다는 오빠, 피아노를 갖고 싶다는 언니, 안경을 사달라고 했던 저, 로봇 장난감을 사달라고 했던 동생. 제법 긴 대화내용이었지요. 아빠 목소리는 "뭐 갖고 싶냐?"라는 그 한 마디 뿐이지만요.

그게 왜 녹음이 돼 있었는지는 모르겠지만 아빠가 돌아가시고 한참 뒤, 저희가 많이 자랐을 때 집 정리하다 어쩌다 발견한 테이프였죠. 그 이후 아빠가 그리워질 때 가끔 들어봤었죠.

그런데 아빠의 마지막 유산처럼 생각됐던 그 테이프도 이젠 없지요. 제가 고1이 되던 해 집을 새로 지으면서 다른 잡동사니와 함께 동네 어귀 기슭 아래 쓰레기로 버려졌는지 모르겠습니다.

새로 집을 지으면서 그 테이프의 행방이 묘연해 졌으니까요.

어쩌면 집을 지을 때, 집 아래 콘크리트 속에 묻혀 우리와 함께 하고 있을지도 모르겠단 생각이 듭니다.

아, 그 귀한 테이프를 잃어버린 게 너무 아쉽네요. 아빠 목소리 를 다시 들어볼 수 있으면 참 좋을 텐데 말이에요.

동네 사람 몇몇이
제가 신기(神氣)가 있는 것 같다고
엄마한테 말씀하신 적이 있죠

국민학교 고학년이었을까요, 중학생 때였을까요. 동네 사람 몇몇이 제가 신기(神氣)가 있는 것 같다고 엄마한테 말씀하신 적이 있죠. 그 이야기를 뒤에 전해 듣고는 참 당황스럽고 황당했죠.

저는 가끔 좋은 일이 있거나 고민이 있을 때 아빠를 생각하죠. 아빠에 대한 기억이 많이 없지만, 좋은 일이 생기면 아빠에게 속으로 이야기해요. 또 무슨 고민이 있거나 하면 잘 해결되게 해 달라고 빌기도 했고요. 그건 지금도 마찬가지고요. 그래서 가끔 사람들이 저에게 종교가 뭐냐고 물으면 무교라고 말하지만, 속으로 '나의 종교는 우리 아빠'라고 하기도 하지요.

어릴 때부터 그랬던 것 같아요. 친구가 그렇게 많지도 않았고, 학교 마치면 농사일 돕는다고 사실 친구랑 어울릴 시간도 없었고요. 또 왠지 자격지심도 있어서 그냥 소위 잘나가는 친구랑은 깊이 있는 사이가 잘 안되더라고요.

고등학교는 13반까지 있는 너무 큰 학교를 다니다 보니 해마다 반도 바뀌고 다들 공부하는 분위기라서 그런지 그렇게 오래 함께 하는 친구가 몇 없었죠. 그나마 친한 친구 몇 명도 대학을 서울로 가다 보니 자연스럽게 멀어지게 됐고요.

그러다 보니 속 이야기를 할 친구가 그렇게 많진 않았어요. 그래서 어려운 일이 생겨도 혼자 고민을 많이 했던 것 같아요. 그리곤 아빠에게 그 소원이 이뤄질 수 있도록 도와달라고 빌었지요. 엄마가 편찮으실 때, 제가 공무원 시험 준비를 할 때, 골치 아픈 민원업무가 생겼을 때, 첫째 아이를 낳고 아이 아빠가 한 동안 아팠을 때, 둘째 아이를 임신하고 기형아검사 결과를 기다릴 때. 큰 걱정거리는 늘 아빠와 함께였지요.

"그 집 딸이 좀 이상하요. 즈그 아빠 묏덩어리에 가서 막 절을 하고 춤을 추고 그라디오. 내 말 기분 나빠하지 말고 병원에 데리고 가보소. 신기가 온 거 아닌지" 이 말을 듣고 엄마도 황당하면서 걱정도 많이 되셨겠죠. 그래서 한 동안 말씀을 못하고 계시다가 한참 뒤 저한테 그 말을 하신 거구요. 동네 사람들이 제가 신기가 있다고 말한 건, 이런 사연이 있죠. 어느 날 마당 장독대 옆 화단에 빨갛게 핀 봉숭아꽃이 너무 예쁘더라구요. 그걸 한 손 가득 따서 아빠 산소로 가지고 갔어요. 산소 위에도 뿌리고 주변에도 골고루 뿌리고 절을 했어요. 지금도 생생하게 기억나요.

무슨 이유에서인지는 잘 모르겠지만, 산소 근처에 꽃을 심는 게 아니라는 집안 어르신들의 말 때문에, 우리 아빠 산소엔 꽃나무가 없거든요. 그런데 예쁘게 핀 봉숭아꽃이 너무 탐스러워서 아빠에게 보여드리고 싶었던 거예요. 그래서 그랬는데, 동네 사람 눈에는 제가 정말 이상하게 보였을 것 같긴 해요.

동네 사람들이 사는 집터를 조금만 벗어나면 가까운 곳에 아빠 산소가 있었기 때문에 그 뒤로도 저는 아빠 산소에 종종 찾아갔죠. 동네 사람들 눈치가 보여 그 횟수를 줄이긴 했지만요.

공무원시험 필기에 합격하고 면접을 보러 갔죠. 면접관이 호적을 쭉 넘겨보시더니 "아빠가 없어서 엄마가 고생을 많이 하셨겠네요"라고 말씀하셨죠. 그리곤 보름 뒤쯤, 최종합격을 통보받고 합격서류를 제출하러 도청에 갔다가 그 면접관을 우연히 만나게 됐어요.

그 면접관은 저에게 "엄마한테 잘하세요"라며 아빠 없이 엄마가 혼자 자식들 키운다고 고생했다는 생각에 다른 면접관에 비해 저에게 높은 점수를 주신 거라고 먼저 말씀해 주시더군요.

그 말을 듣고, 공무원 시험에 합격하게 해 달라는 제 기도를 아빠가 또 들어주신 것으로 생각했죠.

만약 그때 면접시험에 떨어져서 시험공부하며 1년을 또 보내야 한다고 생각하니 생각만으로도 답답해지네요. 엄마든 아빠든 면접관이든 정말 모든 분들에게 감사해야 할 것 같아요.

그렇게 공무원 시험에 합격한 그해 추석, 성묘를 하러 가서 아빠 산소 근처에서 만원을 태웠죠. 아빠 돌아가실 때 못 해 드린 노잣돈이라고 말하면서요. 엄마도 흐뭇해하시는 것 같았죠. 그 돈을 태우면서 엄마는 "즈그아버지, 은화가 일해서 번 돈으로 즈그아버지한테 보내 드리는 것이니, 앞으로 자식들 아무 탈 없이 잘 지내도록 즈그아버지도 위에서 잘 살펴주시오"라는 말도 잊지 않으셨지요.

"얼굴이 화닥거리고
낯 부끄러버 죽는 줄 알았다"

엄마가 정월 신수를 본다고 점집에 가신 적이 있지요. 점쟁이는 우리 자식들이 잘되는 건 아빠 묏자리가 좋아서 그런 거라고 했지요. 그 자리가 음지이긴 해도 멀리 들녘이 보이고, 동네 앞을 흐르는 냇가를 쭉 따라가며 볼 수 있는 곳이라고요.

그리고 하나 더, 아빠가 배고파하니 제사상 좀 잘 차리란 이야기를 들으셨다고요. 그 말을 듣고 엄마는 "얼굴이 화닥거리도 낯 부끄러버 죽는 줄 알았다"고 했죠. 그 말을 엄마한테 듣고는 "점쟁이가 그렇게 말했다고? 말도 안 돼, 그 점쟁이 사기꾼 아니야?"라고 했지만, 엄마는 "아이다. 진짜 신통하더라. 나만 아는 이야기를 딱 알아맞히더라, 정말 아무도 모르는 이야기를" 이렇게 말씀하시는 바람에 저희 자식들도 아빠가 배고파한다는 점쟁이의 그 말을 믿었죠.

증조할아버지, 증조할머니, 할아버지, 할머니 제사와는 달리 정말 아빠 제사는 참 보잘것없죠.

설 명절 지나고 얼마 되지 않아서 오는 제사라 설 명절 때 들어온 과일에서 제쳐 둔 배 하나, 사과 세 개 올리고, 전은 제기에 딱 올릴 정도의 배추전, 무전 몇 장이 전부죠. 조기도 손바닥만 하고요.

점집에서 그 이야기를 들은 후 몇 해는 그래도 제법 제사상을 잘 차려 드렸었는데, 생각해보니 지금은 다시 그 옛날 간소한 제사상으로 돌아와 버렸네요.

엄만 그래도 아빠 제사가 젤 옹골차다고 하죠. 제사상에 올라간 음식을 그날 저녁 음복으로 다 먹어 해치우니까요. 덧붙여 요즈음은 귀신도 소식이 대세라고 하면서요.

예전엔 아빠 제사 때 절을 하면서 속으로 구구절절 소원을 많이도 말했는데, 이제는 그것도 한 단어로 끝이 나요. '아빠, 내마음 알지'라고요. 말 안 해도 아빤 저의 마음을 저보다 더 잘 알거라고 생각하니까요. 엄마가 건강하게 오래오래 사시게 해 달라는 것을요. 그 소원이 이뤄지게 아빠가 많이 도와주실 거라 생각해요.

제 작은딸도 외할아버지에게 소원을 빌지요. 제가 어릴 때 외할아버지에게 소원을 많이 빌었다고, 그러면 정말 소원이 많이 이뤄졌다고 몇 번 말했더니 자기도 그렇게 따라 하더라고요.

작은딸은 여드름 많이 안 나게 해 달라고 빌고, 좋아하는 우산을 잃어버렸다면서 우산을 찾게 해 달라고도 빌고, 친한 친구랑 싸워서 절교했는데 그냥 다시 잘 지내게 해 달라고도 빌지요.

그런데 그 소원이 대부분 이뤄졌죠. 소원이라 하기엔 워낙 사소한 거다 보니까요.

또 그러다 보니 이젠 외할아버지에게 소원을 너무 자주 빌어요. 그래서 얼마 전에 너무 소원을 자주 말하면 안 된다는 걸 가르쳤지요.

"봄아, 소원을 너무 자주 빌면 안돼. 정말 간절한 것이 있을 때만 마음속 깊이 바라는 마음으로 외할아버지께 소원을 빌어야 하는 거야"라고요.

I was...

나의 행복을 통해,
그녀의 슬픔을 보았다

"안녕하십니까,
최 서방 왔습니다"

저는 또래 친구들보다 이른 나이에 결혼한 편이에요. 제 친구 대부분은 스물여덟 살에서 서른두 살 사이에 보통 결혼했거든요. 그런데 스물여섯 살에 결혼 했으니. 그것도 오빠, 언니도 다 제치고요. 한창 젊고 어린 나이에 결혼한다고 하니 몇몇 사람들은 속도위반을 한 게 아니냐고 할 정도였으니까요. 또 어떤 사람들은 많은 사람을 만나보고 결혼하라며 충고 아닌 충고도 했고요.

저희 남편은 같은 직장 동료이죠. 입사 동기 이기도 하고요. 엄격히 말하자면, 시험 동기는 맞지만 입사는 저보다 두 달 먼저 했죠. 입사 날짜가 다르고, 또 임용 후 2주 정도 짧은 수습 기간을 마치고 나면 읍·면사무소로 발령이 나다 보니 서로 얼굴 볼 일이 없었어요.

그래서 입사하고 6개월이 지나 다른 입사 동기 결혼식장에서 처음 보게 됐죠. 다른 동기들과 어울려 밥도 먹고 볼링도 치고,

당구장도 갔죠. 남편은 그때 제가 볼링 칠 때 무거운 공도 번쩍번쩍 드는 모습이 좋았다고 하더라고요. 사실 저는 남편 당구 치는 모습이 너무 보기 싫었어요. 그때 저는 당구 하는 사람은 좀 나쁜 사람이라고 생각했었거든요. 왜 텔레비전 보면 약간 껄렁한 사람이 귀에 담배 끼우고 당구 하고 그렇잖아요, 그런 이미지 때문에 그렇게 생각했던 것 같아요.

그런데 어쩌다 자주 만나고, 또 동기가 같이 밥 먹자고 해서 약속 장소에 나가보면 그 사람이 와 있고 그러더라고요. 그러다 보니 어느새 연인 사이가 돼 버렸죠. 그런 거 보면 인연이 따로 있는 것 같긴 해요.

그 사람이 주말 데이트를 하자고 하면, 저는 우리 엄마 집으로 오라고 해서 가끔은 농사일을 같이 돕기도 했죠. 감자를 캐기도 하고, 양파 심을 논에 비닐을 씌우기 전 밭고랑을 정리하는 일도 하고, 상품 가치가 없는 숫양파를 밭에서 뽑아 버리는 일도 하고. 말하다 보니 결혼도 하기 전에 제가 그 사람한테 생각보다 일을 많이 시켰네요.

저는 그 사람이 키도 크고 얼굴색도 약간 까매서 농사일을 좀 할 줄 안다고 생각했는데, 농사에는 영 젬병이더라고요. 양파와 마늘 구별도 못 하고, 일하러 올 때마다 매번 몇 평인지, 몇 마지기인지를 알려줘야 했고, 보리는 언제 심는지 벼는 언제 심는지, 양파를 수확하고 나면 또 어떤 작물을 심는지 일일이 다 알려줘야 했죠. 저는 그걸 왜 모르는지 이해가 안 돼 가끔은 짜증을 냈지만, 그래도 꿋꿋이 물어보는 게 고맙기도 했죠.

그런데 그건, 직장 사람들이 촌으로 장가가려면 농사지을 줄 알아야 한다는 농담을 하기도 했고, 종종 장모 될 집에 농사를 몇

마지기 짓는지, 양파는 다 수확했는지 물어보니까 알고 있어야 해서 그런 거였더라고요.

남편은 결혼도 하기 전에 마을 이장님이며 동네 사람들을 만나면, "안녕하십니까, 최 서방 왔습니다"라고 인사를 먼저 하기도 하고, 새참을 나눠 먹으며 동네 어르신들과 술잔을 기울이기도 했죠.

저랑 결혼하기 전, 제 외사촌 언니가 부산에서 결혼하게 됐지요. 동네 어르신은 관광버스를 타고 부산결혼식장으로 갔지요. 저도 그 버스를 타고 결혼식장에 갔고요, 저를 따라 부산에 바람 쐬러 갈 겸 그 사람도 그 버스에 올랐죠. 그리곤 부산까지 오가는 왕복 4시간이 넘는 시간 동안 버스 안에서 노래도 부르고 춤도 추고요.

그걸 보고 동네 사람들은 "제동띠기가 동네에서 사위 제일 잘 봤다"라고 그러셨죠.

저희 엄마가 같은 동네인 '갈전'으로 시집을 왔는데, '갈전 댁'이라는 택호를 먼저 쓰고 계신 분이 계셔서 엄마는 '제 동네 댁'인 '제동띠기'가 택호가 됐죠.

여하튼 버스에서 동네 어른들과 어울리려고 애쓰는 그 모습에 저도 그 사람이 고마웠고, 엄마도 흐뭇해하시는 것 같았어요. 지금도 가끔 그 말씀을 하시는 걸 보면요.

엄마 우는 걸 보고 저도 울고,
제가 우니까 그 사람도 따라 울었지요

　무뚝뚝한 저희 친오빠와는 달리, 저의 남편은 그 큰 덩치로 엄마에게 사랑의 하트를 만들어 보이기도 하고, "장모님! 사랑합니다"라는 말도 자주 했어요, 손도 잡아드리고 팔짱도 끼고.

　그 사람이 저랑 나이 차이가 커서 결혼 허락을 망설이셨던 엄마는, 시간이 가고 자주 만나다 보니 그 사람을 어느덧 예비 사위로 인정한 듯 보였죠. "키가 크고 하니 덩치값 하궃지. 너랑 같이 골목을 나서는데 듬직하니 좋더라"라는 말과 함께요. 그런데, 결혼을 일찍 시킬 생각은 또 없으셨지요. 저도 처음 사귈 때부터 결혼을 일찍 할 생각은 없었고요. 그런데 사람 일이 마음대로 잘 되지 않지요.

　그 사람을 자주 만나다 보니 엄마는 그 사람이 조금 안쓰러웠나 봐요. 한 번은 드라이브 삼아 삼천포에 있는 횟집에 갔지요. 그때 그 사람이 저희 엄마한테 "장모님, 결혼하면 안 돼요? 결혼

시켜주세요"라고 하는 거예요.

사실 저도 결혼은 하고 싶었지만, 엄마에게 제가 먼저 결혼이야기를 꺼내기는 너무 죄송했거든요. 직장생활을 한 지도 얼마되지 않았고, 또 오빠, 언니도 결혼을 안 한 상태니까요.

그 사람이 결혼 시켜 달라는 말을 하자, 엄마가 우시더라고요. 엄마 우는 걸 보고 저도 울고, 제가 우니까, 그 사람도 따라 울었지요. 후식으로 커피를 가지고 식당 방에 들어 온 사장님은 저희가 우는 걸 보고 엄청나게 당황해하셨죠. 왜 안 그렇겠어요. 덩치가 작기나 하나, 덩치 큰 어른 세 명이 맛있는 회 잘 먹고 울고있으니 얼마나 놀랐겠어요. 눈물 젖은 빵이 아닌 눈물 젖은 커피를 마시게 생겼으니.

엄마는 "결혼을 시키긴 시켜야겠고, 결혼을 시키자니 내가 불쌍하고, 결혼을 안 시키자니 너그가 불쌍해서 눈물이 나더라. 둘이는 저리 좋아 죽는데 우찌 결혼을 안 시키긋노"라고 한참 뒤에 말씀해 주셨지요. 제가 공무원이 되고는 엄마 집에서 출퇴근하면서 같이 살다보니 엄마는 그게 좋기도 하셨고, 또 자식결혼은 제가 처음이라 겁도 나셨을 것 같아요.

엄마의 결혼 허락은 떨어졌지만, 두 살 위인 언니도 처음엔 결혼을 반대했죠. 정확히 말하자면 언니보다 먼저 일찍 결혼하는 걸 반대했죠.

언니는 제가 너무 일찍 결혼한다는 바람에 언니 나이 스물여덟 살에 노처녀가 된 것 같다며, 또 동생결혼식에 노처녀 언니는 참석 안 하는 거라고 주위 사람들이 말하더라면서 저에게 짜증 아닌 짜증을 냈죠.

그래서 제가 언니한테 "그럼 올가을엔 결혼할 것이냐"라고 물었고, 그것도 아니라고 해서 "그러면 내년 봄엔 결혼할 거냐"라고 또 물었고, 그것도 잘 모르겠다고 해서 "그럼 그냥 나 먼저 결혼 하련다"라고 했죠. 지금 생각해보니 그 이야기를 듣고 언니가 참 어이없어했을 것 같긴 하네요. 저더러 "얌전한 고양이 부뚜막에 먼저 올라간다"고 했으니까요.

그런데 지금 우리 집 거실에 걸린 제 결혼사진에는 저랑 저희 언니가 저희 신랑하고 양쪽에 하나씩 팔짱을 끼고 웃고 있는 결혼사진이 떡하니 걸려있답니다. 우습지요.

하여튼 그렇게 결혼하기로 하고, 상견례를 하게 됐죠. 상견례장에서 엄마는 음식을 입에도 못 대셨고, 집으로 돌아가는 동생차 안에서 그렇게 많이 우셨다고 동생이 알려줬지요.

제가 결혼하는 걸 그렇게 서운해하셨으면서 막상 결혼식 날 엄마는 웃기만 하시더라고요. 저는 그게 약간 서운하기도 했고요.

결혼식을 마치고 한참 지나서 엄마한테 "엄마, 딸 결혼식에서 울어야 하는 거 아니야? 엄만 그 때 웃기만 하더라"라고 말했죠. 엄마는 "망할 년 아이가, 눈물이 하도 많이 나서 결혼식 날 머리하러 가기 전에 안정제 한 대 맞고, 머리 말아놓고 또 한 대 맞고, 결혼식장 버스 타기 전에 또 한 대 맞고, 총 세 대나 맞았는데 뭐라 카노"그러시더라고요. 그 말을 듣고 저는 멋쩍게 웃고 말았답니다.

엄만, 처음 제가 결혼할 때만 해도 자식 결혼 시키는 게 너무 서운했는데 제가 결혼하고 나서는 "결혼에 순서가 오데 있노. 결혼할 사람 있는 자식부터 하나라도 빨리 시키는 게 맞지. 그때 너부터 결혼 시킨 게 백 번 잘한 일이다"라고 하셨죠. 그 뒤 언니도 결혼하고, 조금 한참 뒤 오빠도 결혼하고, 또 조금 한참 뒤엔 동생도 결혼했죠. 모두가 가정을 이뤄 잘 살고 있으니 이보다 엄마에게 좋은 일은 없으시겠죠.

참고로, 요즈음 그 착했던 사위는 제가 주말에 친정 가서 같이 농사일 좀 돕자고 하면 "장모님한테 나 사무실 일 하러 갔다고 해"라며 저한테 거짓말 시키는 사람이 돼 버렸죠. 그리고 뭐 "잡은 물고기는 먹이를 주지 않는 거야"라나.

그런데 엄마도 "남의 집 귀한 아들 일 시키는 건 아닌 것 같아. 내가 요양보호사 일을 해 보니까, 전에 너희들 주말에 일 시킨 게 참 미안해지더라. 직장인은 주말에 좀 쉬어야 하는 게 맞는 것 같다"고 했지요. 요즘 엄마랑 같이 직장인의 고충을 서로 이야기하는 사이가 된 게 참 재미있고 신기해요.

"너는 네 딸 보고 싶어 일찍 퇴근하나?
나는 내 딸이 보고 싶은데…"

"너는 네 딸 보고 싶어 일찍 퇴근하나? 나는 내 딸이 보고 싶은데…" 어느 날 퇴근하는 길, 아무렇지 않게 짧게 한 통화에서 엄마는 그렇게 말씀하셨죠. '아, 나도 우리 엄마 딸이구나. 엄마도 내가 보고 싶겠구나' 순간 멍했죠. 결혼을 하고 아이를 낳고, 또 아이를 낳고 그렇게 바쁘게 살면서 엄마를 잠시 잊고 지낸 건 아닌가 하는 생각이 들었어요.

엄마의 그 말을 듣고 너무 죄송했지만, 그 날 바로 엄마 보러 가겠다는 말을 하지는 못했죠. 엄마보다는 시부모님 댁에서 저를 기다리고 있을 저의 두 새끼가 더 안쓰러웠고, 가끔씩 보는 엄마보다는 매일 보는 제 새끼가 눈에 더 아른거렸거든요. 그리고 그제야 알았죠, 사랑은 내리사랑이라는 것을요. 또 자식 열 명은 키워도, 열 자식이 한 부모를 못 모신다는 그 흔한 말의 뜻을요.

그 전화 통화 이후, 저는 엄마에 대해 전보다 더 많이 생각하게 됐죠. 우리 엄마는 2남 2녀의 막내딸로 태어났죠. 엄마 바로 위 오빠가 2살 때인가 병으로 일찍 세상을 떠나는 바람에 지금 바로 위 오빠와도 나이 차이가 크게 나서 귀여움을 많이 받고 자랐다고 했어요. 엄마의 친구들은 어릴 때, 땔감을 구하러 남의 산에 나무하러 다니다 주인한테 잡힐까 봐 도망도 다니고, 먹을 게 없어 배도 많이 곯았다고 했지요. 그런데 엄마는 남의 산에 나무를 하러 가 본 적도 없고 배를 곯아본 적 없을 정도로 어릴 땐 귀여움을 많이 받고 자랐다고 했지요.

그렇게 귀여움을 많이 받고 자랐는데, 스물세 살 꽃다운 나이에 층층시하 저희 아빠 집으로 시집을 왔으니. 그것도 집안 사정을 잘 아는 옆집으로요. 외갓집은 사실 우리 집 바로 옆집이에요. 두 집 사이 높은 담벼락이 있어 외갓집을 길 따라 제대로 가려면 골목으로 나가 빙 돌아 다른 두 집을 거쳐서 가야 하지만요.

어릴 때 우리 집과 외갓집 담벼락 사이에 놓인 사다리를 타고 외갓집에 놀러 가기도 하고, 외갓집 오빠 언니들이 담벼락에서 뛰어내려 우리 집으로 놀러 오기도 했었지요.

가끔 밥이 제때 되지 않아 도시락 싸줄 밥이 없을 때, 엄마는 외숙모와 그 담을 사이에 두고 밥을 얻어 오기도 했고요.

어릴 적, 외할머니께서 그 담벼락 돌담 위에서 우리 집을 내려다보시며 우셨던 기억이 나요. 그때는 몰랐던 것을 제가 크고 나니까 그 생각이 떠오르더라고요.

왜 안 그렇겠어요. 그렇게 귀하게 키운 막내딸이 시집을 가서 서른다섯 살에 혼자가 돼 시조부모, 시모, 어린 자식 4명을 다 떠안고 살아갈 것을 생각하니, 외할머니께서 그러시는 건 당연한 거죠.

그런 날이
비단 제가 본 그날 하루뿐이겠어요

좋은 직장에 자상한 남편, 예쁜 두 공주를 두고도 가끔은 불만
스러운 결혼생활에 싫증내고, 가끔은 지금보다 더 좋은 남편을
만났으면 어땠을까 하는 생각을 한 적이 있었어요.

그때가 서른두 세 살쯤 되었을 때이지요. 사무실에서 한창 일
할 나이인데다 아이들도 제 손이 많이 가는 시기다 보니 시부모
님이 육아를 많이 도와주시는데도 삶 자체가 아주 힘들었지요.

그러면서 어떤 책의 제목처럼 제가 흔들리는 것은 어른이 되어
가면서 겪는 당연한 흔들림이라고 생각하면서, 쓸데없는 생각을
하는 제 자신을 합리화하곤 했어요.

그런데 이게 얼마나 바보 같은 생각이었고, 우리 엄마에겐 정
말 죄송한 일이라는 것을 제 나이 서른여섯이 되어서야 알았어
요. 엄마 나이 서른다섯 살에 혼자가 된 것을 생각하고 나서 말이
에요.

그 전엔 아무렇지 않게 넘긴 것도 제가 서른여섯 살이 되다 보니 달리 보였죠. '우리 엄마는 지금 나보다 어린 나이였을 텐데 그때 얼마나 힘들었을까' 라는 생각을 자주 하게 되더라고요.

그리고 외할머니께서 엄마를 보며 흘린 눈물과, 어릴 적 자다가 한밤중 깼을 때 엄마가 저희를 빤히 보고 계셨던 이유를요.

한밤중 저희를 그렇게 보면서 우리 엄마는 얼마나 많은 생각을 하셨을까요.

그런 날이 비단 제가 본 그날 하루뿐이었겠습니까. 얼마나 많은 밤을 그렇게 지새우셨을까요.

we are...

마음 부자가 된 우리,
행복 그리고 그 무엇

"내가 치매에 걸린 것 같던? 와 이 책을 사 주노"

지난해 서점을 가니, 치매 예방책이 있더라고요. 얼핏 보니 어린애들이 보는 책처럼 색칠도 하고, 숫자 크기 비교도 하고 그런 활동지 같은 거였죠. 가끔 깜빡깜빡 기억이 안 나신다는 엄마 이야기가 생각나서 그 책을 사서 드렸죠. 집에 뒹굴고 있는 저희 애들이 쓰던 색연필, 크레파스랑 같이요.

주말, 친정에 가서 두어 번 그 책을 보니 하나도 안 보셨더라고요. 그래서 그 책 문제 좀 풀어 보시라고 했더니, 약간 망설이시면서 "내가 치매에 걸린 것 같던? 와 이 책을 사 주노" 그러셨지요. 그래서 그냥 예방차원이라고 말씀드렸더니, 그제야 엄마는 그 책을 받고 난 후 며칠 동안 고민을 했다는 말씀을 하시더군요. 그리곤 당신이 치매가 걸린 듯한 행동을 해서 우리 딸이 이런 책을 사 왔나 하는 생각에 덜컥 겁이 났다는 말씀도 덧붙이셨죠.

엄마가 그런 생각을 하셨을 줄 전혀 상상도 못 했죠. 한참이 지나긴 했지만, 저희 엄마는 젊으셨을 땐 마을부녀회장도 10년 가까이 하셨고, 농약, 비룟값 계산도 잘하시고, 저한테 빌려 주고 받은 돈 계산도 잘 하시고, 운전도 할 줄 아는 신식 할머니이니까요. 나름 동네에서는 배운 사람이죠.

저희 엄마도 가끔 그런 말씀을 하시고요. 동네에 엄마처럼 똑똑한 사람 없다고요. 동네 다른 아주머니들은 아파도 병원비 걱정 때문에 마음 놓고 병원도 못 가는데, 엄마는 실비보험을 들어놔서 병원 입원도 하고 싶으면 할 수 있는 사람이고, 또 요양보호사 자격도 따 놔서 농사 많이 안 지어도 이 나이에 딱딱 월급 나오는 직장도 있다고요.

　그건 맞는 말씀이긴 합니다.

저희 엄마 삶 그 자체가
인생 수업이니까요

여하튼 엄마가 그런 고민을 했다고 하시고, 또 그 책이 싫다고 하셔서 뒷날 서점에 들러 인생에 관한 스님의 좋은 말씀이 적힌 글씨가 큰 책을 집어 들었죠.

책 읽으면서 치매 예방도 하고 마음공부도 하시면 좋겠다 싶어서요.

저희 남편은 장모님이 책 읽은 시간이 있겠냐며, 그 책을 사서 엄마한테 줄 거라는 제가 더 대단하다며 의아한 듯 말했죠. 남편의 말도 일리가 있긴 하죠. 남편의 말처럼 일하고 오면 TV를 밤새도록 켜 둔 채, 주무시기도 바쁜 엄마가 책을 읽은 시간이 없으시겠죠.

그리고 또 생각했죠. 막내로 귀여움을 독차지하고 살다가 그 젊은 스물세 살에 층층시하 아빠 집으로 시집와서 서른다섯 살에

남편을 먼저 보내고 혼자 어린 자식 4명을 키우고 살았으니, 어쩌면 스님보다 더 복잡한 인생과 고독을 견디며 살아 오셨을지도 모른다는 것을요. 저희 엄마 삶 그 자체가 인생 수업이니까요.

그래서 처음 집어 들었던 그 책을 다시 내려놓고 같은 스님이 쓴 행복에 관한 책을 샀죠. 엄마가 더 행복해졌으면 좋겠다고 생각하고요. 엄마는 그 책을 잘 읽고 계십니다. 작년에 사 드린 그 책 한 권을 아직도 다 읽진 못하셨지만, 다음에 읽을 페이지를 곱게 접어 둔 걸 보니 흐뭇하더라고요.

장씨 집성촌인 우리 동네는 동네 사람 반 이상이 다 친척이죠. 저보다 나이가 한 살 많은 고모도 있고, 조금 젊은 분들은 다 아주머니, 아재죠. 어릴 때는 그런 게 너무 싫었어요. 비슷한 나이대인데 언니, 오빠가 아닌 아주머니, 아재라고 부르는 게 왠지 촌스러워 보이기도 했고요.

요즘도 가끔 다른 사람들이 어떤 친척하고 몇 촌이냐고 물을 때가 제일 곤란해요. 몇 촌인지는 정확히 잘 모르겠고 대부분 6촌 아니면 8촌 사이쯤 되는 집안 친척이라고만 하지요. 그 나이 되도록 촌수 계산을 못 하면 안 된다고 핀잔을 듣기도 하지만요.

그런데 그런 친척들이 많으니 또 그것 때문에 엄마의 서운함도 많은 것 같아요. 그래서 저는 엄마에게 가끔은 그냥 남이라고 생각하시라고, 그러면 신경 쓸 일도, 기분 나빠할 일도 아니라며 무시하라고 말하기도 하죠.

그 행복에 관한 책 어딘가에서 나온 말처럼 '모든 사람이 다 내 마음 같지 않음을 알아야 한다' 는 스님 말을 제대로 안 읽어 봤냐고 하면서요. 그런 저를 보고 엄마는 "스님이 따로 없네. 네 말이 맞다 맞아"라고 말씀하시며 웃으시곤 하십니다.

그럴 때면 엄마한테
실컷 화를 쏟아 붓고 오기도 합니다

　엄마는 명절 때 남의 집 앞 골목에 자동차가 몇 대씩 주차된 걸 보면 그게 그렇게 부러울 수가 없다고 하셨어요. 다 자식 농사 잘 지어서 명절 때가 되면 저렇게 좋은 차 타고 집에 오는가 싶었다고요.

　이제는 우리 집도 자식, 며느리, 엄마 차까지 차가 총 9대네요. 집안 마당에도 차를 세우고, 창고 안 공터에도 차를 세우고 그래도 자리가 없어 마을 입구 회관 앞 너른 다목적광장 주자장에도 차를 세워야 하죠. 엄마가 그렇게 부러워하셨던 것을요.

　어쩌면 그게 엄마가 희생하며 살아온 삶에 대한 보상 같은 것인지도 모르겠습니다.

그렇게 엄마 한 명으로 인해 사위, 며느리, 손자들까지 이제는 14명 대가족이 됐지요.

그런데 '가족'하고 '식구'가 다른 뜻인 걸 새삼 느끼게 됩니다. 학교 다닐 때는 참 구별하기 어려운 두 단어의 뜻이 지금은 확실히 구별 되지요. 대가족은 됐어도 같이 밥을 먹는 식구가 되지 못하다 보니 혼자 계신 엄마가 늘 신경이 쓰입니다.

엄마가 전화를 안 받으면 오빠, 언니, 동생 모두 엄마랑 언제 통화했냐며 묻기 바쁘고, 그때부터 자식들의 걱정이 시작되죠.

가끔은, 제일 가까운 거리에 사는 제가 차로 한 50분을 달려 집으로 가 보는 경우도 있고요.

어떤 날은 전화 수화기 너머 엄마 목소리가 너무 안 좋으셔서, 걱정스러운 마음을 안고 집에 가 보죠. 그런데 너무 기분이 좋은 상태로 계셔서 다행이긴 한데 또 약간은 당황스러울 때도 있어요. 자식들 보고 싶어 어리광부리신 건가 하는 마음도 들지만, 그러지 말아야 하는 걸 알면서도 그럴 때면 엄마한테 실컷 화를 쏟아 붓고 오기도 합니다. "우리도 바빠 정신없는데 제발 아픈 것처럼 전화 좀 받지 마!, 엄마가 우리라면 신경 안 쓰이겠어? 제발 신경 안 쓰이게 전화 좀 잘 받아"라고 말하면서요.

어느 날은 그 말이 무척이나 서운하셨는지 한 말씀하시더라고요. "내가 뭐 우쨌는데?" 그 말을 듣는데 참 할 말이 없더라고요. 엄마 말처럼 엄마는 아무 것도 안 했는데 말이에요. 그러고 보니 저는 못된 딸이 맞네요.

"그때
자식을 좀 더 낳을 걸 그랬나"

아는 사람이 강아지를 분양한다고 해서, 집에 혼자 계신 엄마가 우울증에나 걸리지 않을까 싶어 강아지를 키우지 않으시겠냐고 여쭤봤다가 혼쭐이 났지요.

"됐다. 안 할란다. 개 키우면 파리만 생기고, 놀러 가고 싶어도 개밥 줘야 해서 놀러 가지도 못 하고!" 강아지 사진을 보면 마음이 바뀌실까 봐서 사진을 찍어 와서 엄마한테 보여 드렸더니, "쓸데없는 짓 하지 말라니까! 강아지 데리고 오기만 와 봐라! 고마 호적을 파내삘끼다"라는 심한 말까지 하셨지요. 그 전에 진돗개 2마리를 진외갓집에서 데리고 왔다가 키우기 어려우셔서 다른 분한테 다시 분양한다고 고생하셨거든요. 그것 때문인지는 모르겠지만, 정말 싫긴 싫으셨나 봐요.

지금 생각해보니 강아지를 안 키우는 게 맞는 것 같아요.
어느 날 밤, 엄마는 누가 현관문을 열려고 하는 듯한 소리를 듣고 너무 무서우셔서 안방에서 나와 곧장 화장실로 가서 문을 걸어 잠그고 혹시나 하는 마음에 문고리를 잡고 몇 시간을 그러고 계셨다고 하시더라고요.

바람에 현관문이 덜컥거려서 그런 소리가 난 것을 알고는 안도하셨지만, 그래도 그 일이 있고 나서부터는 혼자 있을 때 갑자기 이상한 소리만 나면 섬뜩 겁이 난다고 말씀하셨죠. 그래서 언니랑 형부가 엄마 집 창문이란 창문엔 모두 방범창을 설치했죠.

그 정도인데 만일 그때 강아지를 키웠으면…

강아지가 밤에 짖을 때마다, '도둑이 들었나, 누가 우리 집 앞에서 서성이나, 개가 귀신을 봤나' 그런 생각을 하시면서 얼마나 무서우셨을까요. 엄마 말처럼 생오줌을 싸셨을지도 모를 일이죠. 그런 생각을 하니 그때 강아지를 안 데리고 온 게 결과적으로 참 잘한 일이 됐네요.

엄마가 요즘엔 요양보호사를 하시니, 화장도 좀 하고 옷도 깨끗한 것으로 챙겨 입으시고 일하러 가서 사람들도 만나고 하니까 우울증 걸리실까 하는 그런 걱정은 덜게 됐죠.

그런데 아침 일찍 일어나 두세 집, 많을 때는 서너 집에 일하러 다니시면서도 돈은 많이 못 버시죠. 한 집 당 두 시간 정도 할당되고, 또 엄마가 일해 줬으면 하고 찾는 사람들이 우리 집하고는 거리가 있다 보니 거기까지 가는 차 기름 값도 만만치 않고요. 심지어 일하는 집에 반찬이며, 과일이며 엄마 집에 있는 걸 그냥 막가져다드리는 것까지 생각해 보면 돈을 버는 게 아니라 돈을 더 쓰는 것 같기도 하시지만요.

한때 자식을 위해 엄마 자신을 잃어버린 채 희생해야 했던 당신이지만, 요즘엔 가끔 "그때 자식을 좀 더 낳을 걸 그랬나"라고 농담을 하시죠. 다 키워놓고 나니 그때 고생한 걸 잠시 잊으셨나 봅니다.

엄만 요즈음 걱정이 없다고 하시죠. 그래도 늘 걱정을 안고 사시지만요. 부모가 자식 걱정하는 게 저희 엄마뿐이겠습니까, 그건 모든 부모의 마음이겠죠.

저희 엄마도 그러시고요. 자식 대학 졸업하고 나면 직장 못 구할까 걱정하고, 직장 구하고 나면 결혼 못 할까 걱정하고, 결혼하고 나면 아이가 늦게 생겨 걱정하고, 손자가 말이 늦다고 걱정하고. 그런 걱정이 자식들에게 가끔 짜증거리가 되기도 하지만요.

그것 때문에 엄마는 또 서운해 우시고요. 생각보다 우리 엄마는 눈물이 많으시죠. 그래도 현실을 잘 받아들이고 여장부처럼 그때그때 잘 헤쳐나가시는 걸 보면 자식인 제가 엄마를 칭찬해 주고 싶은 마음입니다.

저도 안 울고 싶었는데
그렇게 눈물이 날 수가 없었어요

전 저희 오빠가 참 좋아요. 언니도 좋고 동생도 좋지만, 왠지 오빠에게 더 짠한 마음이 있는 거 같기도 하고요.

오빠가 장가가는 날, 저희 엄마도 안 우시는데 제가 눈물이 그렇게 많이 나서 혼이 났지요. 저희 언니는 그런 저를 무척이나 당황스런 눈으로 보며, "야! 누가 보면 오해하겠다. 네가 왜 울고 난리야"라고 말했지요. 저도 안 울고 싶었는데 말이에요. 정확히 무슨 감정인지는 모르겠지만 오빠가 어른이 되어 결혼하는 걸 보니 뿌듯함 그런 것도 있었고, 오빠가 또 대견해 보이는 그런 느낌도 조금은 있었던 것 같아요. 제 자식도 아닌데 말이에요.

저희가 새언니를 처음 봤을 때, 너무 착해 보였죠. 저희 언니와 저는 그런 새언니가 성격이 두루뭉술한 저희 오빠 짝으로 딱 이라며 합격점을 줬지요. 그런 새언니 덕분에 엄마는 착한 며느리를 얻었고요.

오빠 첫 아이 돌잔치 때였지요. 오빠는 "자식을 키우다 보니 하나도 이렇게 키우기가 어려운데 어머니께서 우리 자식 4명을 키운다고 얼마나 고생하셨을지 모르겠습니다. 자식을 키우면서 부모가 얼마나 대단한 것인지 새삼 느끼게 됩니다. 어머니, 감사합니다"라고 했지요.

의례히 돌잔치 때 하는 감사 인사로 생각해도 되겠지만, 평소 무뚝뚝한 오빠가 울먹이며 그런 말을 하는데 저희 가족 모두 눈시울이 붉어졌어요. 양쪽 어머니들의 기도와 염려, 오빠와 새언니의 힘겨운 노력 덕에 어렵게 얻은 아이였고, 그런 조카가 잘 커서 돌잔치를 한다는 게 너무 행복하고 기쁜 일이기도 했고요.

오빠 아이가 어릴 때부터 거의 매일 사진을 찍거나 동영상을 찍어 엄마에게 문자로 보냈죠.

양산에 사는 오빠는 엄마를 자주 찾아뵙지 못하는 대신, 전화로라도 손녀 목소리를 매일 엄마에게 들여드리는 게 오빠 자신과의 약속이라도 된 듯이 말이죠. 그리고 돌이 지나서는 거의 매일 저녁 9시가 되면 엄마랑 영상통화를 하면서 손녀 재롱을 보여준답니다.

그런데 웃긴 건, 오빠가 매일 영상통화를 하니까, 그것도 손녀가 노는 모습을 5분 넘게 보여주니 엄마가 피곤해서 일찍 주무시고 싶어도, 또 짧게 통화하고 끊고 싶어도 그렇게 할 수 없다고 하시는 거예요. 너무 피곤한 날은 오빠가 전화를 하루 빼 먹고 안 했으면 좋겠다고요. 엄마는 정말 진지하게 말씀하셨죠. 그 말을 듣고 저는 너무 웃겼어요.

그래서 그 이야기를 듣자마자 바로 그 자리에서 오빠에게 전화했죠. "오빠야, 엄마한테 매일 전화 안 해도 된다. 사실 엄마가 피곤해서 일찍 자고 싶은데, 오빠 네 전화 받고 자야 해서 잠을 못 주무신대. 그러니 하루 빼 먹고 전화해도 된다. 영상통화도 좀 짧게 하고, 손녀 보는 건 좋은데 전화기 잡고 있으면 팔이 아프시대"라고 말했지요.

그랬더니 오빠는 "그래? 난 엄마가 하담이 보고 싶어 할까 봐, 엄마 드라마 보고 끝나는 9시까지 기다렸다가 전화하는 거였는데 이제부터는 좀 일찍 해야겠네"라고 하더라고요.

저의 아주 보잘 것 없는 중재로, 이제 두 사람은 전 보다는 통화를 짧게 하죠.

그래도 여전히 저희 엄마는 거의 매일 저녁, 자식 4명의 전화를 다 받고 주무셔야 하시긴 하지만요. 저녁에 통화 할 때면 "오늘 전화 통화는 이제 한 명만 더 하면 된다"라고 하시기도 하고 어쩔 땐 "오늘은 네가 꼴찌네"라고 우스갯소리를 하시지요.

자식 4명이 모두
엄마와 마주 보고 있으니까요!

거실에 걸린 자식 4명의 대학 학사모 사진은 엄마의 자부심이죠. 촌에서 그것도 여자 혼자서 자식 4명 모두 4년제 대학 졸업시키기가 쉬운 일이 아니니까요.

저는 사실 처음엔 학사모 사진도 안 찍었죠. 졸업앨범에 넣을 사진 촬영 때문에 화장하랴 옷 사랴 하면서 쓰는 돈도 아까웠고, 한창 공무원 공부를 하고 있을 때라 학사모 사진, 증명사진, 스냅사진, 단체 사진 이런 걸 찍는다고 며칠 동안 신경 쓰는 시간도 아까웠거든요. 아무 생각 없이 졸업사진을 안 찍었다고 엄마에게 말씀드렸다가 혼이 났지요. "망할 년 아이가! 쎄가 빠지고 일해서 대학 졸업 잘 시켜 놨더니 사진 한 장 안 찍을라캤더냐!"라고 하시면서요. 그 말을 듣고 제가 생각이 짧았구나 했어요.

그래서 친구들이 졸업사진 다 찍고 나서 한참이 지난 뒤에야 사진관에 가서 학사모 사진만 찍었지요. 그래서 제 졸업앨범에는 제 사진이 없어요. 앨범이 다 제작되고 난 뒤여서요. 그래서 그냥 저만 따로 큰 액자용 학사모 사진이랑, 증명사진 크기용 학사모 사진을 여러 장 받아왔지요. 그러니까 정확히 말하자면, 친구들 이 가지고 있는 졸업앨범에는 제 사진이 없고, 제가 가지고 있는 졸업앨범에는 친구들 사진 옆 빈 공간에 학사모를 쓰고 찍은 사진이 풀칠되어 붙여져 있답니다.

그런 사연이 있는 저의 학사모 사진은 거실 한 면을 차지하고 있는 큰 거울 위쪽에 오빠, 언니, 저, 남동생 순으로 착착 걸려 있었죠. 그 자리는 저희가 결혼을 하면서 결혼 사진에게 하나 둘 자리를 내어 주게 되었지요. 그러다 손주들 100일 사진, 돌사진이 거실 곳곳에 착착 자리를 차지했죠.

그래서 아예 학사모 사진을 거실에서 안방으로 모두 옮겨 걸었지요. 생각해보니 안방이 더 좋겠더라고요.

엄마가 주무시기 전 침대에 딱 누워서 벽을 보면, 자식 4명이 모두 엄마와 마주 보고 있으니까요! 그것도 학사모를 딱 쓰고요.

"엄마, 거실보다 여기 안방에 사진 걸어두는 게 훨씬 보기 좋네. 여기 봐봐! 침대에서 딱 누워서 보면 우리가 다 보이지. 얼마나 좋아. 자기 전에 우리한테 잘 자라고 인사하고, 일어나면 잘 잤냐고 인사하고 그렇게 해. 화 나는 거 있으면 우리 보고 이야기도 하고. 알겠지?"라고 했지요. 그리고 요즘도 가끔 전화 통화를 할 때면, "엄마! 오늘 우리 사진보고 아침 인사 했어? 인사 제대로 안 했지?"라고 실없는 소리를 하지요.

그 실없는 소리에는, 우리 자식에게 엄마가 어떤 존재인지 표현하지 않아도 우리 서로 잘 알고 있다는 그런 의미인 것을 우리 가족 모두 잘 알고 있겠지요.

남편이 없어서
세상에서 제일 팔자 좋고 편한 사람은
우리 엄마라는 그 말이
어쩌면 거짓말일지도 모르겠습니다

든든한 자식이 있다고 생각하셔서일까요. 엄마는 가끔 엄마 친구들이 남편 없는 엄마를 제일 부러워한다는 말씀을 저희에겐 하시곤 합니다.

"삼시 세끼 밥 안 챙겨도 되지, 등산 가고 싶으면 등산 가고, 동창회 가고 싶으면 동창회 가고, 자고 싶으면 자고, 내 마음대로 해도 나한테 아무도 뭐라 할 사람이 없다, 내 팔자가 젤 상팔자다"라면서요.

맞는 말씀이죠. 나이가 여든이 다 되도록 남편 식사 챙기랴, 허리디스크 수술하고도 일한다고 들녘에 나와 있는 동네 어르신들만 봐도요.

시어머니와 저희 엄마가 동갑이라 편하게 자주 만나시거든요. 가끔 저희 시어머님은 시아버님 때문에 마음이 갑갑하다고 하실 때가 있죠. 저희 시아버님은 뇌출혈로 여러 번 쓰러지셨죠. 제가 시집을 오기 전부터 몸이 그렇게 좋진 않으셨죠. 지금도 마찬가지고요. 게다가 해병대 출신이라 그런지 고지식하시죠. 오랜 병에 효자 없다는 말처럼 어머님이 그런 말씀을 하시는 건 당연하시겠죠.

그런데 우리 엄마는 시어머니에게 "사돈, 그래도 있을 때 잘하소, 없는 것보다 있는 게 낫소"라고 하지요. 그러면 우리 시어머님은 또 "그럴까요? 있는 게 나을까요?"라고 하시죠. 엄마는 "하믄요, 있는 게 훨씬 낫지요, 귀찮아도 있을 때 잘해 드리소" 그러세요. 그리곤 시아버님 맛있는 거 해 드리라며 어머님께 돈까지 쥐어 드리셨으니 빈말은 아니겠지요.

그런 걸 보면 남편이 없어서 세상에서 제일 팔자 좋고 편한 사람이 우리 엄마라는 그 말이 어쩌면 거짓말일지도 모르겠습니다.

"내가 그럴 줄 알고 잘 낳았지.
그것도 딱 맞게 아들 둘, 딸 둘.
이리 낳기가 오데 쉽나"

우리 엄마가 세상에서 제일 팔자 좋은 사람은 아니더라도, 어쩌면 세상에서 제일 마음 부자인 사람은 맞을지도 몰라요.

엄만 "세상에 나 같은 엄마 있는 줄 아나. 나 같은 엄마 없다" 이렇게 말씀하시죠. 그러면 그에 질세라 저도 "세상에 우리 같은 자식도 없는 거 알지! 우리 안 낳았으면 어쩔 뻔 했어!"라고 말하죠. 그러면 우리 엄마는 또 "내가 그럴 줄 알고 잘 낳았지. 그것도 딱 맞게 아들 둘, 딸 둘. 이리 낳기가 오데 쉽나" 라고요.

그레요. 아빠는 안 계시지만 이렇게 저희를 잘 키워 주신 훌륭하고 존경스러운 엄마가 있지요. 게다가 저는 오빠도 있고, 언니도 있고, 또 심부를 시킬 동생도 있고요. 크고 나서는 말을 잘 안 듣는 동생이지만요.

이야기하다 보니 한 가지 더 할 얘기가 생각나네요. 저희 엄마 환갑 때, 저희 자식과 사위, 며느리들이 엄마에게 감사패를 만들

어 드렸죠. 식사하는 자리에서 엄마에게 감사패를 전달했었는데 엄마가 적잖이 놀라시며 눈시울을 붉히시더라고요. 그 감사패는 여전히 거실 텔레비전장 위에 잘 보이게 올려져 있지요.

가끔 엄마 듣기 좋으라고 제가 "장은화 말고 엄마 성 따라 김은화로 성을 바꿀까"라며 실없는 말을 하죠. 그때마다 엄마는 "망할 년 아이가! 쓸데없는 소리 한다"라고 말씀 하시며 웃어넘기시지만, 그 마음이 어떤 건지는 엄마도 저도 서로 잘 알고 있을 거라 생각해요.

갑자기 아빠한테 죄송해지네요. 큰 소원이 있을 때마다 아빠한테 빌면서, 성을 엄마 성으로 바꾸면 우리 아빠가 서운해하시겠죠. 아빠한테 기도라도 해야겠는걸요 '아빠, 제 마음 아시죠'라고요.

이야기를 마칠 즈음

아, 오늘 정말 너무 좋은 이야기를 들었네요.

아… 아닙니다. 너무 주책없이 혼자 떠들었던 것 같아요. 아까 갑자기 울어서 당황하셨죠? 죄송해요.

아닙니다. 전혀 죄송 안 하셔도 됩니다. 어머니께서 많이 행복하실 것 같습니다.

아… 네.

더 많은 이야기를 듣고 싶은데, 시간이 이렇게 많이 흐른 줄 몰랐네요. 저는 이만 가 봐야 할 것 같아요. 저기 일행이 오고 있어서요.

아. 네. 조심히 가세요. 그리고 오늘 감사했습니다.

별말씀을요. 참! 어머니께서 어떤 꽃을 좋아하실지 궁금하네요. 꼭 여쭤보세요.

네. 꼭 그럴게요. 조심히 가세요.

네. 그럼 저 먼저 갈게요. 잘 가요.

엄마! 엄마는 어떤 꽃을 제일 좋아해?

응? 나? 꽃은 다 좋지, 꽃은 다 예쁘잖아.

그 노란색 꽃 있지,

이른 봄에 나오는 향기 진한 꽃.

나는 그게 참 예쁘대.

장은화 에세이

그 여자의 서른다섯

발행일 | 2021년 12월 20일
인쇄일 | 2021년 12월 15일
제3쇄 | 2024년 11월 20일

지은이 | 장은화
펴낸이 | 이문희
펴낸곳 | 도서출판 곰단지
디자인 | 성수연, 김슬기
주　소 | 경남 진주시 동부로 169번길 12 윙스타워 A동 1007호
전　화 | 070-7677-1622
팩　스 | 070-7610-2323
이메일 | gomdanjee@daum.net

ISBN | 979-11-89773-32-8　03810
가　격 | 15,000원